김동환의

다니엘 건강관리법

고즈원은 좋은책을 읽는 독자를 섬깁니다.
당신을 닮은 좋은 책 — 고즈원

김동환의 다니엘 건강관리법
김동환 · 김은영 지음

1판 1쇄 발행 | 2004. 11. 25.

사진 | 작가 안철호(02)2268-7776, 모델 | 김윤미

발행처 | 고즈원
발행인 | 고세규
신고번호 | 제313-2004-00095호
신고일자 | 2004. 4. 21.
(121-886) 서울특별시 마포구 합정동 418-23번지 광성빌딩 5층
편집팀 02)325-5676 마케팅팀 02)707-0337 팩시밀리 02)707-0198

값은 표지에 있습니다.
ISBN 89-91319-13-0

고즈원은 항상 책을 읽는 독자의 기쁨을 생각합니다.
고즈원은 좋은책이 독자에게 행복을 전한다고 믿습니다.

김동환의
다니엘 건강관리법

김동환 · 김은영 지음

고즈윈
God'sWin

새롭게 뜻을 정하여
다시 시작하려는 모든 후배들과
그들을 사랑으로 뒷바라지하시는
세상의 모든 부모님들께 이 책을 바칩니다.

책머리에 1

　올해로 서른이 되었다. 19살부터 아프기 시작했으니 벌써 11년이 되었다. 병과 친구가 되면서 나의 생활은 아주 많이 바뀌기 시작했다. 우선 새로운 친구들의 등장이다. 허리 디스크라는 병과 오랜 친구가 되면서 나의 몸 이곳저곳에 다른 친구들도 생기기 시작했다. 그래서 요즘 나의 별명은 '걸어 다니는 종합병원' 이다. 고3 때는 허리가 너무 아파서 50분 정도 앉아 있기가 정말 힘들었다. 물론 요즘도 아프지만, 대학 입시를 준비하던 때라 모든 신경이 곤두서고 그로 인해 통증도 더 많이 느꼈다. 시험 당일에는 하루 종일 시험 보느라 허리가 너무 아프고 고통스러웠다. 시험이 끝나고 집으로 돌아오는데 하염없이 눈물이 났다. 너무 화가 났다. 나 자신에게, 그리고 내가 처한 상황에게. 결국 그해 나는 대학에 떨어졌다. 다시 공부하는 내내 허리 디스크는 나를 괴롭혔다. 너무 아프고 괴로웠다. 겉으론 멀쩡하게 보이는데 속으론 너무 아픈 것이 내 병의 특징이었다. 지금도 그렇지만 그때 나의 소원은 통증 없이 1시간 공부해 보는 거였다.

　대학에 들어와서도 병은 나를 계속 괴롭혔다. 대학 시절 나는 엠티를 한 번도 가 본 적이 없다. 하루 걸러 한 번씩 병원에 갔고 매일 운동으로 허리 주변 근육을 강화해야 했다. 하루라도 거르면 다음 날 몸이 아파서 정상적인 생활이 더 어려워졌다. 꿈 많은 이십대를 나는 원하든 원치 않든 병과 싸우며 그렇게 보내야만 했다. 아침에 눈을 뜨면 그때부터 통증도 함께 눈을 뜬다. 잠을 잘 때까지 통증과의 동행은 계속된다. 그런 삶이 어느덧 11년이 된 것이다. 이젠 좀 익숙할 때도 됐지만 통증에는 익숙해지기가 쉽지 않다.

아프게 되면서 할 수 있는 일과 할 수 없는 일이 조금씩 구분되기 시작하면서 할 수 없는 일의 목록들이 더 많아지게 되었다. 맨 처음 아팠을 때는 내가 아프다는 것을 인정하기가 힘들었다. 그냥 악몽을 꾸는 것이고 좀 지나면 괜찮아지리라 생각했다. 그러나 아무리 내가 아프지 않다 아프지 않다 생각해도 통증은 냉엄한 현실이었다. 나는 왜 아프게 되었을까? 하필이면 왜 날까? 부정적인 생각들이 순간순간 나를 엄습하고 나의 몸과 마음을 약하게 만들었다.

세상에서는 돈과 명예를 다 가져도 건강을 잃으면 모든 것을 잃는 것이라고 말한다. 그런 기준에 의하면 난 정말 불행한 사람인 것이다. 현대 의학으로도 완치 불가능한 퇴행성 디스크와 한평생 더불어 살아야 하는 것이 나의 운명인 것이다. 하루하루 통증을 얼마나 인내하며 견디어 내는가에 따라 나의 인생은 결정되고 있는 것이다.

돌이켜 보면 고3 초반, 만약 내가 허리가 아팠던 초기에 잘 치료만 했었더라면 지금처럼 되지 않았을 텐데 하는 아쉬움이 남는다. 고3 수험생이기에 일단 공부를 우선으로 생각하여 아픈 것을 심각하게 생각하지 못하고 참고 공부한 것이 병을 키운 셈이 되었다.

결국 난 대학 입시 3개월을 앞두고 허리가 너무 아파서 병원 치료를 시작했지만 그때 역시 제대로 치료를 하지 못했다. 결국 대학에도 떨어지고 몸도 망가지게 되었다. 그때 제대로 치료에 전념만 했더라도 지금처럼 몸이 아프지 않았을 것이다. 만약 그때로 다시 돌아갈 수 있다면 나는 공부를 잠시 중단하고라도 치료에 전념할 것이다. 그것이 훨씬 더 좋은 방법이었다. 하지만 난 그 방법을 택하지 못했다.

내가 이 책을 쓰는 가장 큰 이유는 나 같은 시행착오를 후배들이 하지 않기를 바라는 마음에서다. 청소년 시절 건강관리만큼 소중한 것은 없다. 마음의 건강, 육체의 건강, 두 가지 모두 너무나 중요하다. 이 두 가지 건강을 잘 유지하면서 실력을 기르는 것이 중요하다. 어느 하나를 다른 것을 위해 희생한다는 것은 어리석은 일이다. 청소년 시절 몸과 마음은 하루가 다르게 급속하게 변하기 시작한다. 그 변화의 시기에 제대로 체계적으로 건강관리를 해 준다면 평생 몸과 마음이 건강하게 유지될 수 있는 든든한 기초를 확립할 수 있다.

마음의 건강관리를 위해서《다니엘 마음관리 365일》을, 몸의 건강관리를 위해서 이 책을 썼다. 이 두 권의 책은 사랑하는 인생의 후배들이 병들고 어리석은 선배 같은 실수를 반복하지 않길 바라며, 통증을 참아가며 한 자 한 자 써 내려간 것이다. 만약 내가 청소년이었던 시절에 이

두 권의 책이 있었다면 나의 그 시절은 정말 많이 달라졌을 텐데 하는 안타까움이 있다. 그런 마음이 쌓이고 쌓여 이 두 권의 책으로 나온 것이다.

지금도 내가 치료받는 병원에 가면 청소년 환자들이 너무 많다. 주로 나처럼 허리와 목이 아픈 환자들이다. 그 어린 환자들을 보면서 한편으로 참 부러웠다. 어릴 때부터 제대로 병원에서 좋은 치료를 받는 그들이 참 부러웠다. 그들에게 나는 이렇게 치료받을 수 있는 것이 얼마나 감사한 일인지 모른다고 말한다. 그리고 성실하게 치료받고 힘들더라도 잘 견디라고 이야기해 준다. 열심히 치료받지 않으면 나처럼 평생 고생하게 된다고 이야기해 준다.

탁월한 실력을 기르기 위해서는 몸과 마음의 건강이 필요하다. 마음이 따뜻하면서도 탁월한 실력을 지닌 멋진 리더들이 필요한 세상임을 절감한다. 자기 자신만을 위해 수단과 방법을 가리지 않고 성공하려는, 마음이 병든 엘리트는 대한민국을 더욱 사람 살기 힘든 삭막한 나라로 만들 뿐이다. 자기 분야의 탁월함을 유지하면서 이웃을 생각할 줄 아는, 마음이 따뜻한 진정한 리더가 하나 둘씩 늘어 갈 때 대한민국은 사람 냄새가 나는 정이 있는 나라로 바뀌게 될 것이다. 그러기 위해 우리 청소년들은 몸과 마음의 건강관리를 청소년 시절부터 꼭 해야 하는 것이다.

이 책의 구성은 《다니엘학습 실천법》, 《다니엘 마음관리 365일》처럼 시간 단위로 기록된 것이 가장 큰 특징이다. 청소년 시절 시간의 흐름 속에서 현재 내가 어떻게 건강관리를 해야 할지를 월별로 볼 수 있게 하였다. 월별 기록 외에도 집에서, 학교에서, 학원에서, 지하철에서 등 장소별로 할 수 있는 건강관리법도 정리되어 있으며, 각자의 증상에 맞는 증상별 건강관리법이 소개되어 있기에 자신이 아픈 부분을 집중적으로 관리할 수 있고 자신이 특히 조심해야 할 부위도 집중하여 관리할 수 있게 하였다. 특별히 대학 입시와 주요 내신 시험(중간, 기말고사) 30일 전 특별 건강관리법이 수록되어 있기에 그것에 맞추어 건강관리를 하면 최고의 컨디션으로 시험에 임할 수 있고, 좋은 성적이 나오리라 생각한다.

이 책을 활용하기 위해서는 우선 자신이 속해 있는 해당 월의 건강관리 포인트를 확인해 두도록 하고, 장소별 건강관리 부분을 참고하여 학교에서, 집에서, 그리고 오고 가는 길에 할 수 있는 다양한 건강관리법을 실천하도록 한다. 또 증상별 건강관리 편을 통해서 자신의 아픈 곳을 집중 관리하고 실천하면 될 것이다.

이 책을 함께 집필해 주신 김은영 선생님께 특별히 감사드리고 싶다. 병든 나를 병원에서 직접 치료해 주시고, 참 많은 것을 가르쳐 주고 도움을 주고 있다. 건강관리 분야에 있어서 탁월한 실력과 인격을 가지신 분이다. 그리고 자기 분야의 준비된 실력자가 되기 위해 끊임없이 노력하는 분이다. 김은영 선생님을 통하여 앞으로도 더 좋은 글들이 많이 나오리라 생각한다. 그리고 좋은 사진이 나오도록 열심히 도와주신 멋진 요기니 김윤미 선생님께 진심으로 감사드린다.

이 책이 나오기까지 수고해 주신 고즈윈 고세규 대표님께 감사드린다.

지금까지 나의 책들《다니엘학습 실천법》과《다니엘 마음관리 365일》을 편집해 주셨고 이 책까지 맡아 주셨다.

　지금도 건강한 사람들을 보면 부러울 때가 많지만 그래도 나에게 남겨진 것들을 더욱더 소중히 여기며 살아가려고 한다. 역경과 고난이 없는 삶이 축복이 아니라, 역경과 고난 속에서 그것을 견디고 이겨 내는 것이 더욱 값진 일이라는 것도 조금씩 배워 가고 있다. 건강을 잃으면 가장 불행한 사람이라고 하는데, 그런 기준에서 보면 나는 세상에서 가장 불행한 사람일 것이다. 하지만 나는 꿈이 있다. 그렇기에 힘들지만 매일 병과의 싸움도 참아 낼 수 있다. 여러 가지 이유들로 인해 힘들어하는 청소년들에게 따뜻한 격려와 희망을 줄 수 있는 글을 쓰는 것이 나의 소망이다.

　끝으로 오랜 기간 동안 병들고 유약한 자식을 위해 지금까지 사랑과 눈물로 키워 주신 어머니께 진심으로 감사드린다. 그리고 교통사고 후유증으로 다리를 절면서도 부족한 자식 뒷바라지를 위해 예순이 넘은 나이에도 지금까지 묵묵히 일하시는 아버지께 고개 숙여 감사드린다. 두 분께 진심으로 감사드린다.

2004년 11월
김동환

책머리에 2

　질병으로 힘들어하는 청소년들과 함께해 온 지 어느덧 2년이 되어 간
다. 비록 현재는 몸이 아프지만 '곧 나을 수 있다'는 희망을 가지고 밝은
얼굴로 열심히 운동을 하는 모습을 보고 있노라면, 내 몸의 피곤함도 모
른 채 아이들과 함께하는 나를 발견하게 된다. 학교 수업을 마치고 지친
얼굴로 아픈 몸을 이끌고 오는 학생들을 보면 정말 마음이 아프다. 나 또
한 그런 시절이 있었기에 공부로 인한 힘겨움을 잘 이해하기 때문이다.

　피곤함으로 축 처진 어깨를 보고 있노라면 '하루의 반을 학교에서 앉
아서 지내면서 얼마나 힘들었을까?'하는 마음에 안쓰럽기까지 하다.
그렇기 때문에 아이들과 함께 하는 시간에는 아이들이 정말 즐겁고 편한
마음으로 지낼 수 있도록 노력한다. 그러다 보면 나 또한 즐겁기 때문에
같이 하는 시간이 어느새 금방 지나가 버린다. 학교 생활 얘기들, 공부는
어떻게 하고 있는지, 요즘 관심사는 무엇인지 등 아이들을 이해하기 위
해 많은 대화를 나누다 보면, 아이들도 마음의 문을 열어 친숙하게 친구
처럼 얘기를 먼저 하곤 한다.

　건강을 되찾는 과정은 신체의 질병을 치료하는 것도 중요하지만 마음
의 영역 또한 중요하다. 몸이 아프기 시작하면 성격이 소극적으로 변하

면서 점차 모든 것에 자신감을 잃게 된다. 신체의 건강과 함께 마음의 안정을 되찾도록 도와주는 것이 진정한 건강관리법이라는 생각에 청소년들과 함께하는 시간은 되도록 많이 웃고 즐거운 시간이 되도록 한다. 물론 신체의 재활 운동에 최선을 다하는 것은 기본이다 .

몸의 통증으로 인해 치료를 받느라 오전 수업을 빠져야 하는 학생들이 있다. 또한 학교 수업이 끝나자마자 자율학습이나 학원 공부를 포기하고 병원으로 달려오는 학생들도 많다. 물론 이런 경우에는 공부에 지장이 있을 수밖에 없다. 그런데 지금 정말 중요한 것은 무엇일까? 내 몸의 건강일까, 바로 눈앞의 시험 성적표일까? 성장기 청소년의 건강은 그 치료 시기를 놓치게 되면, 평생을 따라다니는 고질병으로 남는 경우가 많다. 적절한 시기에 꾸준한 치료를 받는 게 더 나은 미래를 위한 올바른 선택이다.

무엇보다 병이 생기기 전에 스스로가 건강을 유지하고 질병을 예방하는 것이 가장 중요하다. 그러나 많은 청소년들은 그 구체적인 방법들을 몰라 미리 예방하지 못하고 있다. 결국 질병의 통증으로 인해 치료를 받으러 많은 병원들을 다니게 된다. 청소년들이 이렇게 통증으로 힘겨워하는 일들이 생기지 않고, 스스로 건강을 지킬 수 있도록 하기 위해 이 책은 쓰여졌다.

이 책에는 청소년기에 걸리기 쉬운 질환을 예방하는 법부터 내 몸의 건강을 지킬 수 있는 좋은 방법들이 담겨 있다. 그러나 이것을 단지 하나의 지식으로만 두고 일상생활에서 활용하지 않는다면 아무런 소용이 없다. 무엇이든 뜻을 정하였으면 그것을 실천하는 것이 가장 중요하다. 적극적인 생각과 행동으로 청소년들이 이 책의 내용들을 실천하여 큰 뜻을 이루기를 간절히 소망한다.

이 책이 나오기까지 힘이 되어 주신 분들이 너무나 많다. 먼저 삶의 가장 큰 빛이 되어 주시는 하나님께 모든 영광을 드린다. 매일 아침 성경을 읽고 기도를 드릴 때, 힘겨움에 부딪힐 때마다 너무나 많은 격려를 주시고 좋은 책을 위해 맑은 지혜를 주셨다. 항상 따뜻한 격려와 배려를 아낌없이 보내 주셨던 김동환 선생님. 몸이 편찮으신데도 불구하고 청소년들을 위해 노력하시는 선생님의 깊은 마음에서 많은 것을 배우고 있다. 함께 좋은 책을 쓸 수 있도록 해 주셔서 진심으로 감사드리며, 주님의 손길로 하루빨리 건강을 되찾으시길 기도한다.

항상 따끔한 언어의 채찍질로 더 올바른 길로 나아갈 수 있도록 인도해 주시는 어머니 유수남 님, 당신의 채찍질이 그때는 너무나 아팠지만 그로 인해 지금은 더 아름다워질 수 있었음에 감사드립니다. 따뜻한 눈길로 묵묵히 지켜봐 주시는 존경하는 아버지 김명기 님, 모든 일에 충실하고 늘 성실하게 살라는 가르침, 항상 간직하고 있습니다. 주님 안에서 아름다운 가정을 꾸리고 있는 사랑하는 우리 성철 오빠 가족과 성진 오빠 가족, 모두 사랑합니다. 학자로서 좋은 가르침을 주시는 김성수 교수님, 운동처방사로서의 꿈을 심어 주신 백광현 교수님, 행복한 요가로의 길을 안내해 주신 이규진 원장님, 좋은 사진이 나오도록 도와주신 열정적인 요기니 김윤미 선생님, 몸은 멀리 있지만 마음만은 항상 가까이 있는 박은진 자매와 이하림 자매, 따뜻한 마음의 소유자 김보경 선생님, 그 외에 사랑하는 친구들과 대학, 대학원 선후배님들께 감사의 마음 전합니다.

마지막으로 아름다운 책으로 독자들에게 늘 감동을 주시는 고즈윈 고세규 대표님, 따뜻하고 세심한 손길로 좋은 책이 나올 수 있게 해 주셔서 감사드립니다. 우리 청소년들이 모두 건강하게 뜻을 이루어 나가는 그날을 꿈꿔 봅니다.

2004년 11월

김은영

차례

4부 | 질환별 건강관리법

5부 | 수능 30일 건강관리법

프롤로그

청소년기는 그야말로 인생에 있어서 중요한 변화가 많은 시기이다. 신체적으로나 정신적으로, 환경적으로도 많은 새로운 것을 경험하게 된다. 그런데 이런 변화를 대부분의 청소년들은 별다른 준비 없이 그냥 수동적으로 맞이하고 흘려보내곤 한다. 왜 공부를 하는지, 왜 학교를 가는지에 대한 생각도 없이, 다른 아이들이 학교에 가니까 자기도 가고, 다들 대학에 가니까 자기도 가겠다고 생각하는 청소년들이 너무나 많다. 자신만의 삶의 기준을 가지고 있지 못한 것이다.

그러나 지금 이 책을 읽고 있는 청소년들은 다를 거라 믿는다. 자신의 뜻을 다시금 정하고 더 적극적으로 열심히 노력하는 청소년들이라 믿는다. 그렇다면 그 뜻을 세우고 실천하기 위해 가장 필요한 것이 무엇일까? 바로 건강이다. 한번 건강을 잃으면 그 무엇도 할 수 없고, 수도 없이 많은 걸 포기해야만 한다는 건 누구나 다 아는 사실이다.

그러나 우리는 종종 이것을 잊어버리고 무시해 버린다. 결국 심해진 통증과 갑작스런 질환에 뒤늦게 놀라며 어찌할 바를 모르는 경우가 허다하다. 이런 문제들을 미리 예방하고 평생 건강한 삶을 살도록 하는 방법을 이 책은 차근차근 일러 줄 것이다.

건강이란, 개인의 신체적 건강뿐만 아니라 정신적 건강과 사회 · 환경적인 건강까지도 포함한다. 신체적으로 건강하다고 해서 그것이 '건강' 의 전부가 아니라, 정신적인 건강도 유지해야 진정으로 건강하다 할 수 있다. 몸과 정신은 각각 다른 것이 아니라 하나이기 때문이다. 어느 것 하나가 아프면 다른 것도 점차적으로 약해진다.

예를 들어 환절기에 감기가 들면, 짜증이 쉽게 나고 모든 것이 귀찮아지기까지 한다. 그로 인해 기분까지 가라앉기 시작하면 우울증에 걸릴 수도 있다. 반대로 시험을 망쳐서 마음이 심란해지면, 점차 기운이 빠지고 밥맛도 없어진다. 그러다 보면 질병에 대항하는 면역력이 약해져 몸의 어딘가가 아파 오기도 한다. 이렇게 몸과 마음은 각각 작용하는 것이 아니다. 그러므로 건강을 유지하는 비결은 몸과 마음, 이 둘을 모두 튼튼하게 꾸준히 관리하는 데 있다.

이를 위해 먼저 월별 계절별 특성에 따라 어떻게 건강관리를 하면 좋은지 자세히 제시할 것이다. 우리나라는 사계절이 있어 환경 변화가 심하기 때문에 건강에 더 많은 주의가 필요하다. 계절별 특성에 따라 신체의 변화는 어떻게 오는지, 그에 따라 어떤 음식을 먹어야 하고, 어떻게 운동을 함으로써 건강을 유지할 수 있는지, 그 시기에 주의해야 할 질환은 무엇인지에 대해 알아보고, 그것을 예방하고 대처할 수 있도록 할 것이다. 매월 미리 내용을 읽어 보고 중요한 점을 체크하여 이를 실천하면 많은 도움이 될 것이다.

그 다음에는 청소년들의 하루 24시간 생활을 따라가면서 생활하는 장소에서 쉽게 할 수 있는 건강관리법을 다룰 것이다. 학교 수업 시간은 어떻게 보내야 하는지, 쉬는 시간과 점심 시간 활용법, 오후의 졸린 시간을 극복하는 방법, 집에서의 건강관리 등 다양한 내용으로 건강을 스스로 지킬 수 있도록 정리해 줄 것이다. 이러한 방법들을 잘 알아 두면 상식적으로도 큰 도움이 될 것이다. 모두 실생활에서 가장 기본이 되는 내용들로 구성하였으니 잘 익혀 두어 평생 건강의 지침으로 삼으면 좋을 것이다.

그 다음의 부위별·질환별 건강관리는 청소년기의 신체적·환경적 특성에 따라 어느 부위가 특별히 아프거나 어떤 질병을 앓고 있을 때, 어떻게 하면 좋은지를 설명해 놓았다. 평소 생활을 하다가 생각지도 않게 갑자기 아프기 시작하면 누구나 당황하게 마련이다. 무엇을 어떻게 대처해야 할지, 도움이 되는 방법에는 무엇이 있는지 답답할 때가 있다. 바로 이런 순간에 이 책을 통해 도움을 받도록 하자. 빠른 회복에 도움을 줄 것이다.

마지막으로 잘못된 자세 습관으로 나타나는 질환과 바른 자세의 중요성, 청소년기에 알아야 할 음주, 흡연 등에 대한 올바른 정보들을 담았다. 흔히 대충 알고는 있지만 자세히 얘기하기 꺼려하는 문제들을 세심히 다룸으로써 청소년들에게 바른 이해와 사고를 가질 수 있도록 도움을 주고자 하였다. 이 부분은 친구들과 함께 읽어 보고 이 주제로 서로 대화해 보는 시간을 가지면 서로에게 많은 도움이 되리라 믿는다.

멋진 우리 다니엘 후배들! 자, 이제 다시 시작이다. 큰 뜻을 이루는 그날까지 힘을 내자. 아무쪼록 이 책이 그 뜻을 이루는 데 도움이 되길 바란다.

월별 · 계절별
건강관리법 **‖**
1.

건강을 위해서 하는 운동은 일주일에 한 번 3시간 동안 한꺼번에 하는 것보다, 하루에 단 20분이라도 매일 꾸준히 하는 것이 더 효과적이다.

3월 | 계절의 변화와 새로운 환경에 적응하기 |

규칙적인 식사

새로운 마음으로 새 학기를 시작하는 3월이다. 매년 이맘때는 낯선 환경과 새로운 친구들에 적응하기 위해 심리적 부담감이 큰 시기이다. 어느 반으로 배정될지, 어떤 친구들과 만나게 될지에 대한 생각들이 기대감과 불안감, 초조함으로 나타나게 된다. 이런 긴장감들은 청소년들에게 스트레스를 주며, 많은 질병들의 원인이 되기도 한다. 특히 소화불량과 위염, 장염 등 소화기관 장애를 불러오곤 한다.

불규칙적인 식사와 폭식은 금물이다. 무엇보다 식사를 규칙적으로 해야 한다. 그와 더불어 맵고 짠 자극적인 음식과 지방이 많은 음식은 피하고, 위에 자극이 없는 순하고 소화가 잘되는 부드러운 음식을 섭취하는 습관을 들여야 한다.

소화기관과 관련된 증상들은 근본 원인인 심리적 스트레스를 줄이는 것이 급선무이다. 마음을 편히 갖도록 스스로 마음관리를 해야 병이 생기지도 않고 또 근본적인 치료가 된다. 기도와 명상, 마인드 컨트롤과 호흡법을 통하여 스스로의 마음을 다스릴 줄 아는 지혜가 필요하다.

마음관리에 대한 상세한 방법들과 내용들은 《다니엘 마음관리 365일》을 보면 도움을 받을 수 있을 것이다. 매일 매일 꾸준한 마음관리를 통해 병들고 상처 난 마음을 치료하고 회복시키는 데 아주 유용할 것이다. 몸과 마음은 뗄래야 뗄 수 없는 밀접한 관계이기에 청소년 시절 마음의 힘을 기르는 일은 중요한 일이다. 《다니엘 마음관리 365일》에 나온 여러 가지 마음관리 방법들을 통하여 정신적으로 안정이 되면 스트레스로 인한 신체적 증상들도 자연히 완화될 것이기 때문에 적극적으로 권한다.

황사의 문제점과 대비책

이 시기는 중국의 건조 지역에서 불어오는 황사와 우리나라의 건조한 날씨로 인해 여러 질병들이 발생하기 쉽다. 일교차가 큰 봄철, 황사 때에는 먼지가 평소보다 7~14배 가량 많아진다. 그 미세 먼지는 대부분 가라앉기 때문에 바로 폐로 유입되기 쉽다. 그로 인해 잦은 기침이나 탁한 색의 가래, 가슴이 답답한 기관지염 등의 증상이 나타나게 된다. 천식 환자나 폐 질환 환자들은 숨쉬기가 곤란해져 더욱 악영향을 주는 시기이다.

이때에는 가능한 외출을 삼가고, 외출을 할 경우에는 마스크를 착용하여 미세 먼지의 흡입을 막아 주어야 한다. 외출 후 집으로 돌아왔을 경우에는 양치질을 하고 손발을 깨끗이 씻는 등 청결을 유지하여 세균의 감염을 막도록 한다. 집 안의 습도 유지를 위해 가습기를 틀거나 수건을 물에 적셔 널어놓는 것도 좋은 방법이다.

호흡기 질환 다음으로 많이 나타나는 것은 안과 질환이다. 미세 먼지는 눈에 직접적으로 들어가기 때문에 안구를 자극해 결막염을 유발한다. 또한 낮은 습도로 인하여 안구건조증을 유발시켜 눈병의 원인이 될 수도 있다. 눈이 따끔거리거나 간지러울 때는 식염수를 눈에 직접 넣어 눈 안의 먼지를 깨끗이 씻어 내는 방법과 깨끗한 물에 눈을 담가 깜빡거려 주어 안구를 씻어 주는 방법 등이 있다. 시력이 나쁜 경우, 콘택트렌즈 보다는 안경을 써서 눈을 보호하는 것이 좋다.

춘곤증

3월은 봄이 시작되는 계절답게 우리에게 아주 천천히 따뜻한 햇볕을 가져다 준다. 겨울의 길었던 밤과 움츠렸던 환경에서 벗어나 점점 낮이 길어지고 기온의 포근함으로 우리들의 신체를 변화시킨다. 이런 변화에 순조롭게 적응하지 못하고 나타나는 증상 중 하나가 춘곤증이다. 춘곤증은 몸의 나른함과 피곤함 등을 동반하며, 식욕부진, 소화불량 등의 원인이 된다. 피로가 누적된 사람, 운동 부족인 사람, 스트레스에 민감한 사람, 저혈압이거나 빈혈이 있는 사람에게 특히 잘 나타난다.

그동안 '운동을 해야 하긴 하는데… 언제 시작해야 할까?' 이런 고민을 한 사람들은 바로 지금 시작해야 한다. 그만큼 운동의 효과도 크고 건강을 빨리 되찾을 수 있는 시기가 봄이기 때문이다.

겨울 동안 움츠려 있던 몸을 활짝 펴면서 신체의 각 부분을 스트레칭해 보자! 날씨가 좋은 날의 상쾌한 공기를 마시며 간단한 조깅과 함께 신체를 활발히 움직이다 보면 어느새 마음까지 활짝 열려 있는 자신을 발견하게 될 것이다. 운동은 수영, 조깅, 농구, 축구 등 동적으로 움직이는 유산소 운동이 좋다. 그러나 처음부터 의욕만 앞서다 보면 오히려 건강을 해칠 수도 있으니 무엇보다 조금씩 시간과 강도를 늘리는 것이 중요하다.

조깅

조깅을 효과적으로 하려면 처음에는 20분 정도 빠르게 걷기부터 시작한다. 3일 후에는 25분 빠르게 걷기, 일주일 후에는 30분 빠르게 걷기 식으로 조금씩 운동 시간을 늘려 가도록 한다. 빠르게 걷는 것이 익숙해지면 그 다음은 조금씩 뛰어 보도록 하자. 시간을 정해서 3분 뛰고 5분 빠르게 걷고, 5분 뛰고 5분 빠르게 걷는 식으로 강도를 조금씩 올린다. 전체 운동 시간은 준비 운동과 마무리 운동을 포함해서 40~70분 사이로 정한다. 운동을 과하게 할 경우 피로가 쌓일 수 있으므로 적당히 하는 것이 좋다.

모든 운동에는 준비 운동과 마무리 운동이 꼭 필요하다. 준비 운동은 몸의 전체적인 체온을 올려 주고 근육과 인대의 유연성을 높임으로써 본격적인 운동을 위해 몸의 상태를 최상으로 올려 주는 과정이다. 준비 운동을 하지 않고 본 운동을 바로 할 경우 근육이 갑작스럽게 늘어나면서 근단열(근육의 끊어짐)과 관절의 염좌(삐는 것) 등의 상해를 불러일으킬 수 있다. 준비 운동을 철저히 하여 본 운동에 보다 더 빨리 적응할 수 있도록 도와주어야 하는 것이다.

마무리 운동은 체온과 심박수를 서서히 정상 범위로 내려 주어 근육과 관절에 피로가 쌓이는 것을 막아 준다. 갑작스레 운동을 멈추면 몸에는 젖산이라는 피로물질이 쌓여 피로함을 느끼며 젖산과 함께 브라디키닌이 축적되어 근육통을 유발하게 된다. 그러므로 마무리 운동을 통해서 혈류의 속도가 서서히 감소하도록 하여 운동 후 나타날 수 있는 근 피로를 예방하도록 하자. 준비 운동과 마무리 운동은 각각 최소 10분씩 해야 하며, 본 운동은 짧게는 20분, 길게는 50분까지만 한다.

비타민

봄에는 비타민 결핍이 생기기 쉽다. 그 초기 증상으로 춘곤증이 나타날 수 있는데, 야채와 과일 등 빠른 피로 회복을 돕는 음식들의 섭취가 중요하다. 특히 봄의 기운이 가득 담긴 봄나물(냉이, 쑥, 미나리, 달래, 씀바귀, 도라지 등)에는 비타민 A, C, D 등 봄철에 부족할 수 있는 영양소들이 풍부하다. 비타민뿐만 아니라 단백질과 무기질이 많은 음식들도 충분히 섭취하면 원기 회복에 큰 도움을 받을 수 있다.

아침식사는 봄나물과 더불어 단백질이 많은 음식인 계란, 두부, 생선 등의 반찬으로 든든하게 먹는다. 밥보다는 반찬을 더 많이 섭취하여 영양이 충분한 식사를 해야 한다. 점심식사는 든든하게 먹되 너무 배부르지 않게 먹어야 한다. 그 이유는 우리 몸의 혈액은 식사 후 소화를 돕기 위해 모두 소화기관으로 몰려서 소화작용을 열심히 돕는다. 그러다 보면 뇌로 가는 산소 공급이 원활하지 못하여 정신 집중이 어려워진다. 신체

도 함께 나른해지고 끝내 식곤증으로 5교시쯤에는 졸음이 몰려올 위험
성이 있는 것이다.

그러므로 적당한 식사량 조절로 식곤증을 미리 방지하는 것이 최우선
이다. 저녁식사는 현미밥과 함께 여러 영양소가 골고루 들어 있는 반찬
을 섭취해야 하나 그 양은 적게 한다. 간식으로는 비타민 C가 많은 과일
(딸기, 귤, 키위, 감 등)과 비타민 E가 많은 견과류(해바라기 씨, 아몬드, 땅콩
등)로 하루의 피로를 풀도록 도와주는 것이 좋다.

춘곤증의 피로를 풀기 위한 간단한 스트레칭

손가락 쥐었다 펴기
❶ 주먹을 꽉 쥐고 5초 유지.
❷ 양손을 최대한 펴고 5초 유지.
❸ 10회 반복.

발가락 구부렸다 펴기

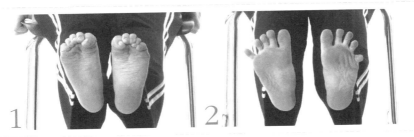

❶ 양발가락을 최대한 구부린 상태로 5초간 유지.

❷ 다시 최대한 펴고 5초간 유지.

❸ 10회 반복.

3월 제철음식

채소	어패류, 해조류	과일	김치	요리
달래, 냉이, 돌미나리, 쑥, 봄동배추, 씀바귀, 고들빼기, 달래, 땅두릅	삼치, 방어, 바지락, 대합, 꼬막, 파래, 물미역, 톳, 모시조개, 피조개, 도미, 청어	귤, 사과	봄동김치, 미나리김치, 쪽파김치, 고들빼기김치, 돌나물김치, 죽순김치, 두릅김치, 유채김치, 달래김치	미나리강회, 고들빼기생채, 삼치구이, 달래된장찌개, 미역초무침, 톳나물무침, 두릅숙회, 냉이국, 냉이무침, 바지락된장국, 봄동배추국, 씀바귀나물조개탕, 도미찜, 꼬막무침, 대합국, 파래무침죽순채

환절기와 피부 알레르기

전형적인 환절기인 4월은 건조한 날씨뿐만 아니라, 아토피나 꽃가루 등에 의해서도 알레르기가 많은 시기이다. 꽃가루 알레르기는 꽃가루 항원에 의해 생기는 알레르기 질환을 말하는 것으로 꽃가루가 많이 생기는 시기인 3~4월에 발생 빈도가 높다. 꽃가루 알레르기가 있는 사람은 꽃이 피는 계절에는 외출을 삼가고, 꽃가루가 집 안으로 들어오지 못하도록 주의하여야 한다. 집에 들어와서는 몸의 청결 유지를 위해 옷을 깨끗이 털고, 세수를 하는 것이 좋다. 이때에 집 안의 실내 온도는 18~20℃, 습도는 50~60%를 유지해야 건조로 인한 피부 질환과 감기 등 여러 질병을 예방할 수 있다.

샤워

이 시기에 하루에 한 번 이상 샤워를 하는 것은 피부가 건조해지기 쉬우므로 좋지 않으며, 샤워 후에는 피부 보습제나 로션, 크림 등을 발라 주어 피부의 수분 유지를 도와주어야 한다.

피부가 건조해지면 가려움증이 나타날 수 있는데, 이 증상이 심해지면 가려움에 신경이 쓰여서 집중력 감소와 스트레스 증가, 심리적 불안감을 동반할 수 있다. 특히 가려운 부위를 깨끗하지 않은 손으로 만지면 오히려 세균 번식으로 인해 더 부어오르고 가려움이 심해질 수 있으니 주의한다. 가려움이 심할 경우에는 그냥 두지 말고 피부과 전문의의 도움을 받아 치료하는 것이 현명하다.

의복은 땀의 흡수가 빠르고 통풍이 잘 되는 면 소재 옷을 입는 것이 좋다. 건조한 날씨로 인한 감기를 예방하기 위해서는 물이나 과일 등을 많이 섭취하여 신체에 수분 공급을 원활히 해 주는 것도 중요하다.

중간고사를 위한 특별 건강법: 수면의 비밀

4월 중순부터는 중간고사가 있는 기간이다. 최상의 컨디션을 유지하기 위해 수면 시간은 일정하게 하되, 일찍 자고 일찍 일어나는 것을 습관 화하는 것이 좋다. 시험 기간에는 밀린 공부를 위해 벼락치기를 한다고 취침 시간을 2~3시간으로 줄여 버리는 경우가 허다하다. 이렇게 보낸 다음 날은 신체적 · 정신적 피곤함으로 인해 정작 시험 시간에는 집중할 수 없다. 어느 날은 10시, 어느 날은 새벽 1시에 잠자리에 드는 불규칙한 습관이 계속되면 아침에 일어나는 시간 또한 불규칙하게 된다. 그러면 하루 종일 몸의 생리적인 반응도 정상적으로 적응하지 못하여 불완전하 게 된다. 당연히 집중력이 떨어지게 되고, 무엇인지 모를 불안감과 함께 하루 종일 피곤한 상태가 계속된다.

수면 시간은 사람마다 차이는 있지만 적정한 수면 시간으로는 6~8시 간을 권장한다. 이는 수면의 리듬인 렘수면(REM)과 논렘수면 (Non-REM)의 주기에 맞춰서 계산한 시간이다. 렘수면 상태는 자 는 동안 사람의 눈동자가 움직이며 수면의 80%를 꿈을 꾸는 낮은 수면을 말하며, 논렘수면 상태는 체온과 의식 수준을 저하시켜 뇌가 휴식 상태로 접어들어 숙면을 취하는 깊은 수면 상태를 얘기 한다. 이 두 가지의 수면 상태가 반복되어 이루어진 권장 시간이 6~8시간이다. 이 시간을 지켜 규칙적인 수면을 취하면, 충분한 뇌의 휴식으로 일어났을 때 몸이 개운할 수 있다.

중학생의 경우는 《다니엘학습 실천법》에 나온 대로 하루 7시간 정도 면 좋은 수면 시간이다. 고등학생의 경우는 6시간 정도 자면 적정한 수면 시간이 될 수 있다. 구체적인 수면과 학습방법은《다니엘학습 실천법》을 참고하여 자신에게 맞는 중간고사 계획을 세우면 효과적일 것이라 생각한다.

신체에 가장 좋은 취침 시간은 밤 10시부터 새벽 4시까지의 6시간이다. 밤 10시에서 새벽 2시 사이에는 두뇌의 피로 회복이 이루어지며, 성장호르몬 등 신체 내 모든 호르몬들이 왕성하게 활동하게 된다. 이 시간에는 잠을 자야 호르몬의 작용을 도울 수가 있다. 그러므로 이때의 숙면은 하루 중 몸의 건강을 위한 가장 중요한 휴식이라 할 수 있다.

새벽 4시부터는 몸의 생체리듬을 다시 깨우기에 좋은 시간이다. 먼저 폐의 활동을 시작으로 두뇌, 대장, 위장의 순으로 신체는 맑아지기 시작한다. 일어나서 폐의 활동을 위해 가장 먼저 호흡법을 하는 것이 좋고 그 후 마음과 신경의 안정을 위해 마음관리 시간을 갖도록 한다.《다니엘 마음관리 365일》을 참고한다면 좋은 효과를 거둘 수 있을 것이다.

이때 하루의 계획을 시간대별로 세밀하게 짜는 것이 좋다. 시험 시간표를 떠올리며 '과목 내용의 포인트는 무엇이며, 문제는 어떻게 나올 것이다' 하며 스스로 정리해 보고, '쉬는 시간에 무엇을 더 보충해야 할 것인가?', '방과 후 시간은 어떻게 보낼 것인가?' 등 구체적으로 계획을 짜는 시간을 갖는다.

10시에 자서 4시에 일어나는 초강도 다니엘 계획표에 자신을 맞추든지 아니면 11시에 자서 5시에 일어나는 다니엘 새벽형 학생 계획표에 자신을 맞추든지 《다니엘학습 실천법》을 참고하여 자신에게 잘 맞는 계획을 선택하여 구체적으로 실천하도록 한다.

새벽 시간만큼 공부가 잘 되고 집중이 잘 되는 시간도 드물다. 따라서 새벽 시간을 활용하여 마음관리 시간을 가진 다음 영어, 수학 중에서 상대적으로 부족한 과목을 집중적으로 공부한다면 성적 향상에 효과를 거둘 수 있을 것이다.

내게 공부를 배우러 온 학생들에게 제일 먼저 가르쳐 주는 것이 바로 다니엘 수면법과 새벽 공부법일 만큼, 수면과 새벽 공부는 아주 중요하다. 인간 역시 대자연의 일부다. 자연의 섭리에 따라 인간의 생체리듬은 일찍 자고 일찍 일어나는 것에 맞추어 짜여져 있다. 늦게 자고 늦게 일어나는 생활 습관은 인간의 건강에 이롭지 못하다. 일찍 자고 일찍 일어나는 습관을 기르도록 하자.

식사와 운동

음식의 소화작용이 원활한 시간대는 아침 7~9시이다. 시험 기간뿐만 아니라 매일 이 시간에는 규칙적으로 아침식사를 꼭 챙겨 먹도록 하자. 대개 요즘 청소년들은 밤에 늦게 자고 아침에 늦게 일어나기 때문에 아침밥도 거르고 학교로 헐레벌떡 뛰어가는 경우가 흔하다. 아침을 제대로 먹지 않고 거르는 학생들이 많은 것이다.

허둥지둥 학교에 가서 가쁜 숨을 몰아쉬며 수업을 듣고자 앉으면 부족한 수면과 부실한 영양 섭취로 금세 졸음이 오게 마련이다. 오전 수업은 비몽사몽 중에 대충 흘려보내기 쉽다. 너무나 안타까운 현실이다. 이렇게 학교에 가서 수업을 듣는 학생들과 일찍 자고 일찍 일어나서 마음관리와 아침 공부를 한 후, 여유 있게 아침을 먹고 10분 일찍 수업을 준비하는 학생들이 성적 차이가 나는 것은 지극히 당연하다. 아침 7시에 밥을 천천히 꼭꼭 씹어 먹고 여유를 가지고 학교에 도착하는 것은 매우 중요하다.

4월 식사로는 제철 채소인 더덕, 고사리, 쑥, 취 등의 봄나물 종류와 고등어, 조기, 갈치, 꽃게, 바지락 등의 어패류가 싱싱할 때이므로 이런 음식을 한 가지 이상 섭취하여 단백질과 비타민, 무기질의 섭취를 돕는다. 시험 기간의 운동은 요가나 간단한 스트레칭 등 약 20~30분간의 정적인 운동을 하는 것이 좋다. 그 이유는 동적인 운동을 하게 될 경우 신경계가 흥분해 운동 후 차분한 마음으로 집중할 때까지 시간이 많이 걸리게 되기 때문이다. 그러므로 시험 기간에는 근육의 긴장을 풀어 주고 혈액 순환을 촉진하는 간단한 스트레칭을 권한다.

집중력을 높이기 위한 간식 활용법

공부를 하다가 갑작스레 피곤하거나 시험 시간에 집중을 요할 때에는 시험 시간 10분 전에 초콜릿, 사탕 등을 조금 먹도록 한다. 신체의 과도한 에너지 대사로 혈액 내 당분의 농도가 급속히 떨어지면 피곤함을 느끼고 집중력이 떨어지게 된다. 이때는 단 성분이 있는 사탕류를 먹으면 바로 당분의 농도를 올려 주기 때문에 단시간에 효과를 볼 수 있다.

또한 두뇌가 활동할 때 필요한 에너지원은 포도당이다. 집중이 잘 안될 때는 약간의 당분을 섭취해 주면 몇 분 안에 두뇌 활성화를 도와줄 수 있다. 당분의 섭취는 한 번에 많은 양을 먹는 것보다 조금씩 섭취하는 것이 혈액 내 농도를 유지하는 데 도움을 준다.

시험 기간 집중을 위한 호흡법

혈액이 맑지 못하고 콜레스테롤과 중성지방, 포도당으로 인해 혈액의 흐름이 방해를 받으면 산소와 영양 공급이 원활하지 못하다. 그로 인해 몸의 전체적인 순환은 물론, 뇌의 활동까지 저하되어 두통과 함께 집중력이 현저하게 낮아질 수 있다.

뇌의 활성화를 촉진시키는 일산화질소는 한쪽 코로 숨을 깊게 들이마심으로써 뇌신경까지 자극을 줄 수 있다. 적극적으로 산소 공급을 하여 혈액순환을 원활하게 돕는다. 이산화탄소를 제거하여 두뇌로 가는 혈액 순환을 도와주는 것이다. 뇌의 혈액순환을 돕고 집중력을 키우도록 다음 에 나오는 간단한 호흡법을 통해 하루에 두 번(아침식사 · 저녁식사 전)이 상 실시한다.

오른쪽 콧구멍으로 숨 들이마시기

❶ 눈을 감고 허리를 편 상태로 편안하게 앉는다.

❷ 고개를 숙여 턱을 가슴 쪽으로 최대한 내려 몸에 붙인다.

❸ 오른손 검지와 중지를 구부리고, 엄지와 약
　지, 새끼손가락은 편다.

❹ 엄지손가락은 오른쪽 콧구멍 가까이,
　약지와 새끼손가락은 왼쪽 콧구멍 가
　까이 가져간다.

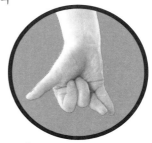

1

2

❺ 약지와 새끼손가락으로 왼쪽 콧구멍을 막은 후, 오른쪽 콧구멍으로 천천히 깊게 숨을 들이마신다.

❻ 가슴과 어깨가 많이 벌어지도록 폐에 공기를 가득 채운다.

❼ 오른쪽 콧구멍을 막고 턱으로 가슴을 누르며 5초간 멈춘다.

❽ 서서히 왼쪽 콧구멍을 열면서 숨을 내쉰다.

❾ 매번 들이마실 때는 오른쪽 콧구멍으로, 내쉴 때는 왼쪽 콧구멍으로 한다.

❿ 호흡법은 코로만 행한다.

⓫ 10~15회 반복.

*주의) 심장 질환이나 고혈압이 있는 경우에는 숨을 멈추는 것은 생략하고 바로 숨을 내쉰다.

4월 제철음식

채소	어패류, 해조류	과일	김치	기타	요리
고사리, 더덕, 껍질콩, 두릅, 쑥갓, 취, 쑥, 죽순, 쪽파, 양상추, 그린아스파라거스	꽃게, 갈치, 도미, 조기, 고등어, 바지락, 대합, 키조개, 주꾸미, 북어, 뱅어포, 김	사과, 딸기, 살구	쪽파김치, 고구마순김치, 우엉깍두기	청포묵, 유채, 뱅어포구이, 북어포무침	동태쑥갓전, 조기탕, 고사리나물무침, 두릅초회, 취나물무침, 청포묵무침, 죽순조림, 도미면, 고등어찜, 꽃게해물탕, 주꾸미볶음, 더덕구이, 탕평채, 북어구이

건강 계획표 짜기

　중간고사 시험이 끝나고 홀가분한 5월을 맞이하였다. 시험 기간 동안 답답했던 마음도 활짝 핀 봄꽃처럼 열려, 모든 것들을 편안한 기분으로 맞이할 수 있는 시간이다. 계속되는 학교 행사와 휴일 등으로 마음도 많이 들뜨게 된다. 게다가 본격적으로 시작하는 서클 활동과 친구들과의 약속으로 많은 시간을 보내게 되는 한 달이기도 하다. 이렇게 여유로운 때에 시간관리에 꾸준히 신경 쓰지 않으면 3월부터 차근차근 쌓아 왔던 몸에 배인 습관들이 한순간에 물거품이 될 수도 있다.

　공부뿐만 아니라 건강 또한 시간을 얼마나 잘 활용하느냐에 따라 차이가 확연하게 드러난다. 건강을 위해서 하는 운동은 일주일에 한 번 3시간 동안 한꺼번에 하는 것보다, 하루에 단 20분이라도 매일 꾸준히 하는 것이 더 효과적이다. 갑작스런 운동은 근육통을 유발하고, 오히려 심신에 피로감만 더하기 때문에 결코 좋은 습관이 아니다. 간단한 스트레칭이라도 매일 운동하는 습관이 몸에 배도록 한다. 이것이 건강을 지키는 지름길이다. 평소 운동을 꾸준히 하다가도 패턴을 한번 잃어버리면 다시 습관화될 때까지 전보다 더 많은 노력과 시간이 필요하다. 이런 점에 유의해서 멋진 한 달을 지내도록 하자.

식사관리

5월의 식탁은 각종 야채와 과일로 아주 풍성하다. 자연의 향을 그대로 살린 제철음식들은 입맛을 돋우어 주기에 충분하다. 야채와 과일에는 평소 부족해지기 쉬운 각종 무기질과 비타민이 듬뿍 들어 있기 때문에 매일 섭취하도록 한다. 여러 가지 행사들로 인해 받은 스트레스와 쌓이는 피로를 운동과 함께 상큼한 과일로 날려 버리는 것도 좋은 방법이다. 과일 그 자체도 좋지만 과일 주스나 과일 아이스크림, 화채, 여러 종류의 샐러드도 영양소 섭취에 도움을 준다.

이성 교제 어떻게 할까?

이 시기엔 친구들과의 만남과 서클 활동 등을 통해 많은 이성 교제가 이루어지는 시기이다. 한창 성장하고 있는 청소년들에게 이성에 대한 호기심과 관심은 자연스러운 현상이다. 자연스런 만남을 통해 서로에 대해 알아 가고 더 많은 친구들을 접해 봄으로써, 이성 친구에 대한 생각을 천천히 확립해 나갈 필요가 있다. 그렇다고 이성 친구들이 다가온다고 해서 무조건 그걸 다 받아들이라는 것이 아니다. 현재 내 상황에서 어떤 것이 좋은 선택인지, 내 삶의 목표에 도움을 줄 수 있는 만남인지 생각해 봐야 한다. 많은 사람을 만나면서 그동안 몰랐던 풍부한 경험과 다른 이의 인격을 배려하는 법도 배울 수 있는 기회이다. 폭넓은 인간관계를 가지다 보면, 어느새 자신도 한층 더 성숙하고 성장해 있는 것을 발견할 수 있을 것이다.

이성 친구에 관한 이야기는 부모님이나 편하게 대할 수 있는 선생님에게 자연스럽게 상담을 요청해 보도록 하자. 그런 관심사에 대한 고민이나 얘기를 먼저 꺼낸다면 그분들도 청소년 시절 겪었던 경험을 통해 많은 도움을 줄 것이다. 이성 교제에 대한 얘기는 자기 자신만의 문제로 숨기는 것보다 편하게 터놓고 얘기하면, 부모님 혹은 선생님과 서로를 이해하는 데 좋은 방법이 되어 줄 거라 생각한다. 그리고 이성 교제에 있어서 무엇보다 중요한 것은 자신의 확고한 목표를 잊어버려서는 안 된다는 것이다. 그 목표와 결심이 자신을 더 성숙하게 발전시키는 데 가장 중요하다는 것을 명심하도록 하자.

의자에 앉는 바른 자세

❶ 등받이 뒤로 엉덩이를 최대한 밀착시킨다.

❷ 가슴을 펴고 허리와 등에 힘을 주어 허리 부분이 C 곡선이 되도록 곧게 편다.

❸ 발바닥이 바닥에 닿고, 무릎은 직각이 되도록 앉는다.

❹ 턱은 가슴 쪽으로 끌어당기고, 고개는 숙이지 않는다.

❺ 필기할 때 팔꿈치는 직각이 되도록 높이를 맞춘다.

바르게 걷는 자세

❶ 어깨와 가슴은 활짝 펴고 허리와 등은 곧게 세운다.

❷ 발의 앞과 뒤 보폭은 약간 넓게 하고 양무릎이 스치도록 걷는다.

❸ 발뒤꿈치 → 발바닥 → 발가락 순서로 지면에 닿게 한다.

❹ 양발은 벌리지 말고 11자 모양으로 걷는다.

❺ 머리를 똑바로 세우고 시선은 정면을 향한다.

❻ 양팔은 가볍게 앞뒤로 흔든다.

5월 제철음식

채소	어패류, 해조류	과일	김치	기타	요리
도라지, 부추, 상추, 우엉, 양배추, 마늘, 고구마순, 완두, 미나리, 파, 양파, 더덕	오징어, 참치, 준치, 넙치, 멸치, 홍어, 고등어, 꽃게, 민어, 잔새우, 멍게	딸기 앵두	부추김치, 열무김치, 인삼김치, 채김치, 북어김치	멸치볶음	도라지구이, 마늘장아찌, 홍어회, 도라지무침, 우엉볶음, 오징어덮밥, 양배추겉절이, 고구마순된장무침, 마늘종새우볶음, 양미리튀김, 더덕구이, 미나리강회, 오징어불고기

6월에 꼭 하면 좋은 운동, 근력 운동

여러 행사에 활동적이고 바빴던 시간들이 지나갔다. 다시 컨디션을 최상으로 끌어올리기 위해 규칙적인 생활 리듬을 회복해야 할 시기이다. 좀더 강한 체력을 위해서는 근력 운동을 하는 것이 좋다. 근력 운동을 하면 신체에 전체적인 힘이 길러지고 탄력적인 몸매를 가지게 된다. 자신감도 생긴다. 근력 운동에는 목, 어깨, 팔, 가슴, 복근, 등, 허리, 다리 각각의 운동 방법이 있다.

근력을 키우고자 할 때 가장 좋은 운동은 웨이트 트레이닝이다. 웨이트 트레이닝을 할 때는 간단하게 아령을 가지고 하는 프리 웨이트 트레이닝이 있는데 이것은 집에서도 쉽게 할 수 있다. 아령 대신 페트병에 물이나 모래를 넣어서 사용해도 충분히 아령의 역할을 한다.

근력 운동은 매일 하되 이틀에 한 번꼴로 운동 부위를 바꾸어서 할 수 있게 프로그램을 짠다. 예를 들면 월, 수, 금요일은 다리, 어깨, 등, 목의 근력 운동을, 화, 목, 토요일은 복근, 허리, 가슴, 팔의 근력 운동을 하도록 프로그램을 짜 보자. 근육의 근비대가 이루어지려면 최소 24~48시간은 휴식을 취해야 근세포가 재생성된다. 그러므로 격일로 다른 부위의 운동을 해야 효과적으로 근력을 키울 수 있다.

근력 운동의 또 다른 장점은 하루 기초대사량(삶을 유지하는 데 필요한 최소한의 에너지량으로 두뇌 활동, 심장박동, 소화기관에 쓰이는 에너지와 생활할 때 쓰이는 에너지)이 높아지고, 신체 에너지 소비량을 늘려 줌으로써 체중 감소의 효과도 가져다 준다는 것이다. 근력 운동 전 준비 운동과 운동 후 마무리 운동은 꼭 스트레칭을 해야 근육통과 피로를 방지할 수 있다.

권장하는 채소: 토마토

이달부터는 토마토가 나오는 시기이다. 토마토는 항산화 비타민이 풍부해서 우리 몸의 세포를 손상시키는 활성산소를 진정시키는 효과가 있다. 그와 더불어 혈액을 깨끗하게 하는 데 도움을 줘 콜레스테롤 수치와 혈압을 낮추는 작용을 한다. 나 같은 경우에도 아침마다 토마토에 꿀을 넣어 갈아 만든 토마토 주스를 한 컵씩 마신다. 꿀에는 뇌의 유일한 영양

원인 포도당이 많이 함유되어 있기 때문에 아침에 뇌를 맑게 하는 데 가장 빠른 특효약이다. 토마토 주스는 만드는 데 시간이 적게 걸리고 방법도 쉽기 때문에 바쁜 아침 시간에 간단하게 마실 수 있는 좋은 음료이다.

6월 제철음식

채소	어패류, 해조류	과일	김치	요리
가지, 아욱, 도라지, 우엉, 양배추, 양송이, 오이, 풋고추, 열무, 호박, 상추, 양파, 토마토, 통마늘, 샐러리, 완두, 껍질콩, 부추	생멸치, 전갱이, 전복, 민어, 삼치, 병어, 홍어, 오징어, 흑돔, 바다가재	매실, 참외	열무김치, 양배추물김치, 오이소박이, 상추겉절이, 갓김치, 얼갈이김치	근대된장국, 삼치구이, 미역오이냉국, 아욱토장국, 양송이버섯전, 병어찜, 토마토생과일주스, 풋고추잡채, 애호박전, 열무김치, 전복죽, 홍어회, 부추전, 생채, 샐러드, 전복찜

기말고사 대비 특별 건강법

기말고사 기간에는 4월의 중간고사 기간처럼 꾸준히 20~30분간의 스트레칭과 체조를 하면서 체력을 유지하도록 하자. 7~8월에는 장마와 더위로 인해 많은 질병들이 우리를 위협한다. 미리 질병을 예방하기 위해져 항상 건강에 유념해야 한다. 시험 기간이라고 해서 건강관리에 소홀해 운동을 빼먹는다면 갑작스레 체력이 약해져서 공부를 꾸준히 할 수 있는 지구력을 잃게 된다.

또 아침식사는 꼭 챙겨 먹고 시험에 임해야 한다. 아침식사의 중요성은 아무리 강조해도 지나치지 않다. 대부분의 청소년들은 아침 시간의 게으름으로 시간에 쫓기다가 아침식사를 거르고 학교로 가는 경우가 허다하다. 아침식사를 챙기지 않으면 신체의 움직임을 위한 에너지 공급이 늦기 때문에 몸의 전체적인 신진대사가 활발하게 이뤄질 때까지는 많은 시간이 소요된다. 뇌로 가는 공급원이 없기 때문에 그만큼 더 두뇌 활동도 빨리 회복되지 않는다. 아침식사를 거르는 등 오랫동안 불규칙적인 식사를 할 경우 소화기관 장애가 생겨 소화불량, 장염 등의 질환이 발생한다.

아침, 점심, 저녁식사의 양은 아침 35%, 점심 40%, 저녁 25% 정도로 배분해야 하며, 그만큼 아침식사와 점심식사는 든든하게, 저녁식사는 간단하게 하는 것을 권한다.

매 식사의 반찬은 생선, 육류, 콩류 등의 단백질 식품을 1~2종류, 야채, 해초류, 버섯류 등의 식품을 2~3종류 먹어 골고루 영양소 섭취를 해야 한다. 후식은 인스턴트식품보다는 밤, 고구마, 감자 등 자연식품을 먹는 것이 우리 몸에 가장 좋다. 간식은 우유, 요구르트, 비타민C가 많은 과일(감귤류, 딸기, 키위)로 하여 부족한 영양소를 보충해 주도록 하자.

뇌에 좋은 음식

은행잎 추출액: 뇌의 혈액순환 촉진, 뇌신경세포 활성화, 기억력과 사고력 향상, 정서적 안정의 효과.

꿀, 설탕: 뇌의 영양원.

달걀노른자: 뇌의 학습, 기억력 향상.

등푸른생선(고등어, 참치, 꽁치, 정어리, 연어 등): 두뇌 활동 활발.

견과류(땅콩, 호두, 잣, 아몬드 등): 기억력 감퇴 예방.

기말고사 이후

중간 점검 – 여름방학 계획 세우기

힘겨웠던 기말고사도 끝나고 벌써 일 년의 반이 지났다. '한 학기 동안 나는 어떻게 지냈었나' 하며 차근차근 6개월간을 되짚어 보는 시간을 갖도록 하자. '나는 아프지 않고, 마음이 또한 편안한가?' 또한 '목표로 하는 것을 흔들림 없이 잘 진행시키고 있나?', '그것을 위해 얼마나 노력을 했는가?' 하는 생각들을 글로 써 보며 잠시 중간 점검을 해 보아야 한다.

여름방학을 어떻게 보내느냐에 따라 2학기의 판도가 달라진다. 따라서 기말고사 이후 여름방학 전까지 중간 점검과 함께 여름방학 계획을 미리 세우고 실천 방법을 모색해야 한다. 여름방학 동안 어떤 문제집과 책으로 어떤 과목을 어느 시간대에 어떻게 공부하는가에 따라서도 성적은 크게 좌우된다. 일주일 단위로 청소년들의 학업과 생활 계획 등이 상세하게 기록된《다니엘학습 실천법》을 토대로 하여 자신에게 맞는 여름방학 계획을 선택하여 실천하면 여름방학을 잘 보내는 데 아주 유익하리라 생각한다.

장마철과 불쾌지수

이달에는 불쾌지수를 높게 만드는 장마가 계속되는 시기이다. 습도와 기온이 높아짐에 따라 기분도 우울하고 짜증나는 날이 많아질 것이다. 이럴 때일수록 스스로 마음을 즐겁게 하도록 노력해야 한다. 남을 먼저 배려하는 넓은 마음으로 친구들을 대하도록 하자. 어떤 일로 화가 날 때는 한 번 더 생각한 후, 상대방에게 말하는 습관을 갖도록 노력하는 것도 중요하다.

먹구름과 비로 인해 전체적으로 눅눅한 환경이 계속된다. 이런 환경으로 인한 우울증을 극복하기 위해 인위적으로 주위 조명을 밝게 하고 지내도록 해 보자. 한결 나아질 것이다. 또 혼자 지내는 것보다는 다른 친구들과 즐겁게 어울리는 것도 도움이 된다.

장마철과 세균번식

장마철은 세균번식에 좋은 고온다습한 환경을 가지고 있다. 그러므로 항상 청결한 위생을 습관화하지 않으면 쉽게 질병이 생길 수 있다. 먼저 손, 발을 자주 씻어 세균감염의 경로를 막아야 한다. 일주일에 한 번 정도

난방으로 습도를 낮추어야 하며, 잦은 청소로 곰팡이를 없애서 깨끗한 환경을 유지하도록 하자. 식수는 안전하게 꼭 끓여서 마시고 음식물은 익혀 먹어 식중독을 예방해야 한다. 또한 고단백의 영양가 높은 식사를 하여 부족해지기 쉬운 영양소를 보충하고 규칙적인 생활을 하여 질병을 예방하자.

장마철에 주의해야 할 질환들

장마철 조심해야 할 질환으로는 관절염이나 신경계통 질환이 있다. 이런 증상을 가지고 있는 환자인 경우 더욱 증상이 악화될 수 있으므로 건강관리에 더욱 신경 써야 한다. 근육과 혈관 수축을 유발하는 찬바람이나 에어컨 등은 가급적 피한다. 따뜻한 욕조나 물에 관절을 담그고 마사지를 하거나 관절을 움직여 주면서 관절 운동을 자주 하면 훨씬 도움이 된다. 또한 천식 등 호흡기 질환 환자는 집먼지나 진드기에 의해 병이 악화될 수 있으므로 진드기가 번식하지 못하도록 집안 청결 유지에 노력해야 한다.

장마철과 인터넷

비가 오니 우울하다고 해서 집 안에 있는 시간이 길어지면 컴퓨터를 사용하는 시간이 점차적으로 늘어난다. 우리나라의 인터넷 기술이 점차 발달함에 따라 청소년들이 인터넷을 통해 많은 것들을 쉽게 접할 수 있게 되었다. 그 예로 학교와 학원에서만 듣던 강의를 인터넷 동영상을 통하여 쉽고 편하게 집에서 들을 수 있게 되었다. 문제집과 참고서 등을 인터넷 서점을 통해 구입하게 되었으며, 그 밖의 다방면의 정보들을 손쉽게 접할 수 있어 많은 시간 절약을 가져오게 되었다.

그러나 한편으로, 수많은 정보들이 무분별하게 쏟아지면서 청소년들에게 많은 혼란도 가져오게 되었다. 가장 심각한 문제점은 청소년들의 인터넷 게임 중독과 문란한 인터넷 성인사이트 출입으로 인한 후유증이다. 인터넷 중독 시 나타나는 증상으로는 우울증과 자포자기감, 불안감 등이다. 이런 중독 현상을 막기 위해서는 먼저 스스로가 인터넷 중독임을 인정하고 받아들여야 한다. 그리고 인터넷 사용 시간을 제한하도록 노력하자. 예를 들어, 하루에 50분 혹은 주말에만 1시간 등 뚜렷한 계획을 세우는 것이다. 또한 본인이 접속하는 인터넷 사이트의 패턴을 확인하고 규칙을 정하여, 불필요한 사이트 접속은 자제하도록 노력하자. 인터넷 중독이 심하여 본인 스스로 자제를 못하고 학교를 결석하는 등 심각한 상황일 경우에는 소아 · 청소년 정신과의 도움을 받도록 하자. 본인스스로 심층 심리 검사를 통해 정확한 문제를 파악하고 상담으로 문제를 해결하려는 노력이 필요하다.

컴퓨터 사용 중 도움을 주는 스트레칭

눈 감고 머리 뒤로 젖히기

❶ 눈을 지그시 감는다.

❷ 숨을 들이마셨다가 내쉬면서 머리를 뒤로 젖힌다.

❸ 10초 유지(호흡은 자연스럽게).

❹ 다시 숨을 들이마셨다가 내쉬면서
제자리로 돌아온다.

❺ 5회 반복.

어깨 뒤로 젖히기

❶ 팔꿈치를 구부려서 양손으로 의자 뒤나 팔걸
이를 잡는다.

❷ 시선은 위를 보고, 가슴을 앞쪽으로
내밀면서 10초 유지(호흡은 흉식호흡).

❸ 제자리로 돌아온다.

손목 풀어 주기

❶ 양손을 기도하듯 모은다.

❷ 손바닥을 아래로 내리면서 손목과 손이 직각이 되도록 한다.

❸ 10초 유지.

❹ 다시 제자리로 돌아온다.

❺ 다음은 손등이 마주 닿도록 한다.

❻ 손목을 위로 하면서 손목과 손이 직각이 되도록 천천히 스트레칭
　한다.

❼ 10초 유지.

❽ 각각 3회 반복.

1　　　2

7월 제철음식

채소	어패류, 해조류	과일	김치	요리
깻잎, 호박, 가지, 부추, 느타리, 상추, 시금치, 열무, 오이, 꽈리고추, 토마토, 감자, 콩나물, 피망	민어, 뱀장어, 병어, 홍어, 성게, 농어, 갑오징어	자두, 딸기, 산딸기, 복숭아, 수박, 참외, 참외, 멜론, 아보카도	깻잎김치, 배추김치, 풋고추소박이, 무청김치, 오이소박이	깻잎장아찌, 감자야채튀김, 가지나물무침, 오이생채, 미더덕콩나물찜, 느타리볶음, 시금치된장국, 풋고추전, 민어매운탕, 채소볶음, 가지조림, 오징어냉채, 호박된장찌개, 피망전, 장어구이

여름의 불청객, 냉방병

그야말로 땀이 비 오듯 흘러내리는 무더운 여름이 되었다. 모두들 서로 덥다고 선풍기나 에어컨 앞에서 벗어날 줄을 모른다. 실외에서 체온이 올라간 상태로 실내로 들어오자마자 선풍기나 에어컨을 쐬는 것은 냉방병에 걸리는 지름길이다.

냉방병은 실내외의 기온차가 5~8℃ 이상 되는 환경에 계속 있을 때, 갑작스런 체온 변화로 신체가 적응하지 못하여 나타나는 질환이다. 또 레지오넬라 같은 균들이 공기 중에 떠다니다가 인체의 호흡기로 들어와 감염이 되기도 한다. 감기와 비슷한 증상이 나타나는데, 두통과 소화불량, 어지러움증 등을 동반한다. 보통은 10일 내에 자연 치유되지만 면역력이 약해 심해지면 폐렴 증상까지 나타날 수도 있다.

에어컨과 선풍기의 찬바람을 직접 쐬지 않아야 하며, 긴 소매 옷을 준비하여 체온조절에 유의해야 한다. 또한 창문을 열어 공기를 순환시켜 주고 땀에 젖은 옷은 에어컨의 찬 공기가 체온을 빼앗아 가기 때문에 빨리 갈아입는 게 좋다. 에어컨을 장시간 사용하는 데서는 몸의 근육이 찬 공기로 인해 많이 수축된다. 그럴 때에는 스트레칭과 체조로 몸의 혈액순환을 돕는 것이 좋고, 따뜻한 물과 차를 마시며 수분을 공급해 주어야 한다. 찬 음식을 먹을 경우 체온과의 차이로 인해 소화기관이 갑작스레 수축을 하게 되고, 그로 인해 소화작용을 제대로 할 수 없으니 유의한다. 여름철 적정 실내온도는 25~28℃, 습도는 60~70%를 유지해야 하고, 에어컨 필터는 자주 청소를 해 주어 쾌적한 환경을 유지해야 한다.

한여름 피부관리

여름에는 자외선으로 인한 피부 질환이 나타날 수 있다. 자외선이란 태양광 중의 한 광선으로 눈에 보이지는 않지만 피부가 자외선에 오랫동안 노출되면 피부 화상과 피부가 검게 그을리는 등의 증상을 보인다. 자외선을 막기 위해서는 외출하기 15~30분 전 피부에 자외선차단제를 바르는 것이 최선의 방책이다. 자외선차단제에 쓰여 있는 자외선차단지

수(SPF: Sun Protection Factor)는 자외선차단제를 바른 후 최소 홍반량을 바르지 않았을 때의 최소 홍반량으로 나누어 얻은 것이다. 일반적으로 황인종인 한국인에게는 SPF 30 정도가 맞다. 자외선차단지수가 높은 제품을 사용한다고 해서 반드시 자외선을 더 잘 막아 주는 것은 아니므로 2~3시간마다 적당량을 발라 주는 것이 좋다.

한여름의 식사관리

더위가 계속되면 땀을 많이 흘리게 되고 몸이 빨리 지치기 때문에 식욕도 떨어진다. 이때에는 충분한 수분 공급과 함께 비타민, 무기질, 단백질이 든 식품을 섭취해 주어야 한다. 콩국수, 산채비빔밥, 오이냉국, 화채, 생채무침 등 신선한 재료로 만든 음식들과 삼계탕 등의 보양식이 여름철 입맛을 돋우고 기력을 회복하는 데 좋다. 또한 제철과일인 수박과 복숭아, 포도, 참외 등을 먹어 수분과 비타민을 섭취해 주면 더위에 지친 신체를 건강하게 유지하도록 도와줄 것이다.

한여름의 운동

여름철, 야외 운동을 하면 기온과 습도가 높기 때문에 체온이 빨리 상승하고 땀이 증발하지 않아 체온조절이 힘들어진다. 체온이 상승하게 되면 일사병 같은 문제를 일으킬 수 있다. 일사병은 뇌의 체온조절중추가 기능장애를 일으켜 두통과 현기증, 환각, 시력장애, 고열 등의 증상이 나타난다. 응급처치를 하려면 시원한 그늘로 환자를 옮기고 혈액순환을 돕기 위해 옷을 헐렁하게 해 준다. 찬물은 금물이고, 약간 시원한 물을 마시게 하는 것이 좋다.

운동은 기온이 상승한 낮 시간은 피해야 한다. 운동 전후 한 시간 동안 수분을 충분히 섭취하고 운동 중간에 5°C의 물을 100~200ml씩 15분 간격으로 공급하면 탈수현상을 방지할 수 있다. 운동 종목은 가벼운 조깅이나 걷기, 체조, 아령 운동 등이 좋다. 운동 중 어지럼이나 경련, 구역질 등이 나면 곧바로 멈추고 편히 앉아서 휴식을 취한다. 운동 시간은 40분을 넘기지 말고 10분 휴식을 하여야 하며, 꾸준히 매일 하는 것이 중요하다. 운동 시 복장은 통풍과 땀 흡수가 잘되는 면 소재 옷을 입어 체온조절에 도움을 주어야 한다.

이 기간에 꾸준한 운동을 하면 더위 적응력이 강해져서 더위도 덜 타고, 땀도 덜 흘리게 되어 훨씬 활기찬 여름을 보낼 수 있을 것이다.

한여름 스트레스 해소에 좋은 음식들

초콜릿: 신경을 안정시켜 주는 작용, 기분을 좋게 해 주는 엔돌핀 분비 증가.

박하사탕: 우울할 때 기분을 전환시킴, 박하향으로 단기간 집중력 향상에 효과.

과일차(매실차, 유자차, 레몬차): 가라앉은 기분을 안정되고 생기 있게 변화시켜 주는 피로 회복 효과.

바나나: 마음이 복잡할 때 안정시켜 주는 효과.

귤, 오렌지: 화가 났을 때 혈압이 상승하는 것을 억제, 탁한 정신을 맑게 해 주는 효과.

깨: 초조한 마음을 안정시켜 주는 효과.

아몬드, 대두: 신경을 안정시켜 주는 효과.

육류(쇠고기, 돼지고기, 닭고기): 우울증을 예방하고 스트레스를 완화시켜 주는 효과.

8월 제철음식

채소	어패류, 해조류	과일	김치	요리
강낭콩, 깻잎, 감자, 느타리, 붉은 고추, 상추, 시금치, 양배추, 아욱, 오이, 토마토, 풋고추, 호박, 가지, 옥수수, 고구마순	전복, 꼬막, 갈치, 문어, 해파리, 잉어, 장어, 성게	복숭아, 멜론, 수박, 참외, 포도	오이소박이, 배추김치, 상추겉절이, 호박김치,백김치	강낭콩조림, 깻잎전, 옥수수스프, 오이소박이, 감자샐러드, 시금치나물, 해파리냉채, 꼬막양념찜, 매운탕, 육개장, 삼계탕, 잉어탕, 풋고추볶음, 감자부침

신체 컨디션 최상으로 올리기

새로운 마음과 각오로 맞이하는 2학기가 시작되었다. 방학 동안 친구들은 어떻게 지냈는지 서로 반갑게 인사도 하고, 서로 그간 변화된 모습들을 보며 다시 학교 생활에 적응하는 기간이다. 그동안 여름방학을 어떻게 지냈는지에 따라 다들 달라진 자신의 모습을 발견할 수 있을 것이다. 규칙적인 생활을 했다면 자신의 시간을 잘 활용하며, 학교 생활에 적응하는 시간이 빠르겠지만, 그렇지 않았다면 학교 시간표에 끌려가는 피곤한 한 달을 보낼 것이다.

이제부터는 더웠던 여름의 기온이 서서히 내려가면서 가을을 맞이하게 되는 좋은 시간들이다. 9월은 6월만큼 자연적으로 좋은 시기이며 다른 달에 비해 시간적, 마음적 여유가 있어 신체의 컨디션을 최상으로 올리기에 좋은 달이다.

건강한 신체를 위해서는 6월에 했던 근력 운동을 조금 더 꾸준히 하여 근력을 강화하는 것이 좋다. 보통 팔굽혀펴기나 윗몸일으키기 등의 근력 운동은 남자가, 에어로빅이나 수영 등의 유산소 운동은 여자가 많이 하고 있지만, 이것은 잘못된 운동 습관이다. 근력 운동과 유산소 운동, 스트레칭을 골고루 해야 몸이 균형 있게 성장하고, 급작스런 상해를 방지할 수 있다.

지금은 근력 운동을 위주로 하되, 유산소 운동과 스트레칭도 병행하여 총 운동 시간이 최소 40분에서 최대 1시간 10분이 되게 계획을 세우면 될 것이다.

9월의 식사관리

9월과 10월은 곡식과 과일 등 먹거리가 아주 풍성한 달이다. 그만큼 부족했던 에너지를 골고루 보충할 수 있는 좋은 기회이기도 하다. 특히 추석이라는 대명절이 있어서 잠시 휴식과 함께 체력 보충도 할 수 있는 기간이다.

한가위 음식인 송편, 토란국, 닭찜, 햇밤, 버섯요리 등은 그야말로 가을에 필요한 영양소를 골고루 섭취할 수 있는 대표적인 음식들이다. 좋아하는 음식만 너무 많이 먹기보다는 골고루 영양소를 섭취하는 것이 성장기에는 매우 중요하다. 식탁에 올라온 어머니의 정성 어린 음식들을 적어도 한 번씩은 꼭 먹도록 하자.

한편 이 시기에는 식욕이 왕성해져서 자칫 과식, 과음을 할 수 있다. 에너지 보충도 좋지만 과식은 오히려 해를 주므로 적당량의 음식을 먹도록 조절해야 한다.

9월에 하면 좋은 근력 운동들

반 윗몸일으키기 – 상복근운동

❶ 하늘을 보고 누운 상태에서 발을 약간 벌려 무릎을 구부린다.

❷ 양팔은 앞으로 쭉 뻗은 상태로 천천히 상체를 반만 일으킨 상태를 유지한다.

❸ 20초 유지(호흡은 자연스럽게).

❹ 이때 양어깻죽지 뼈가 바닥에서 떨어져야 하며 상복근에 힘을 준다.

❺ 3~5회 실시.

누워서 다리 들기 – 하복부, 허리, 다리 운동

❶ 하늘을 보고 바로 눕는다.

❷ 양팔은 어깨 옆으로 벌리고 손바닥이 아래를 향하게 한다.

❸ 양다리를 천천히 들어 20° 높이에서 유지.

❹ 15초 유지(호흡은 자연스럽게).

❺ 천천히 제자리로 돌아온다.

❻ 3~5회 실시.

팔굽혀펴기 - 가슴, 팔운동

❶ 발을 모으고 바닥에 엎드린다.

❷ 팔꿈치를 구부린 상태로 양손을 양어깨 옆에 짚는다.

❸ 남자는 무릎과 엉덩이 등이 일직선이 되게 팔에 힘을 주어 상체를 든다. 여자는 무릎을 바닥에 댄 상태로 실시한다.

❹ 숨을 들이마시면서 팔꿈치를 구부리고 상체를 내린다.

❺ 10초 유지(호흡은 자연스럽게).

❻ 숨을 내뱉으면서 천천히 제자리로 돌아온다.

❼ 3~5회 실시.

9월 제철음식

채소	어패류, 해조류	과일	김치	.기타	요리
가지, 고구마, 붉은고추, 토란, 당근, 송이, 싸리버섯 ,표고, 느타리, 풋콩, 감자, 고구마	고등어, 연어, 꽁치, 해파리, 꽃게, 대합	포도 석류, 사과 배 무화과	가지김치, 고춧잎김치, 갓김치	인삼, 국화	고등어무조림, 꽁치소금구이, 고구마닭조림, 토란탕, 당근달걀찜, 표고죽, 감자수제비, 꽃게찜, 궁중대합구이, 버섯잡채, 고구마순된장무침, 추어탕, 콩조림, 당근조림, 사과춘권

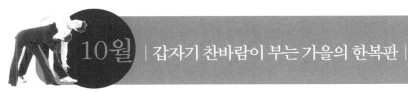

10월의 불청객 '감기'

점차 가을이 깊어지면서 낮과 밤의 기온차가 크고 점차적으로 건조해지는 때이다. 그에 따라 반에서 한두 명씩 감기 증상이 나타나기 시작한다. 중간고사처럼 더 집중해야 할 시기에 감기는 치명적이다. 계속되는 콧물과 오한, 두통, 우울증, 온몸이 쑤시는 증상 등으로 집중력이 떨어질 수밖에 없다. 건강이 안 좋아지면 자연스레 마음도 지치고 짜증이 나기 때문에 모든 생활에 영향을 끼치게 된다. 이때 건강관리를 잘하지 못하면 그동안 꾸준히 준비한 시험을 망칠 수 있으므로 더욱 예방과 치료에 힘써야 한다. 감기가 빨리 나으려면 항상 교실이나 방의 공기를 순환시켜야 하며, 특히 물을 많이 섭취해서 순환계에 영향을 미치는 나쁜 병균들을 소변으로 배출시켜야 한다. 콧물이나 가래 등은 휴지에 뱉어 내는 것이 증상을 완화시키는 데 도움이 되고 코는 반드시 한 쪽씩 번갈아 가면서 푸는 습관을 들여야 중이염을 예방할 수 있다.

환경은 항상 적당한 습도(40~60%)를 유지하고, 손발을 청결하게 하는 습관을 길러야 한다. 무엇보다 스트레스가 생기는 환경은 되도록 피하며, 스트레스에 대한 저항력을 키우는 것도 좋은 방법이다.

또한 포도, 귤, 오렌지, 유자차 등을 통해 충분히 비타민 C를 섭취하여 감기를 예방하는 것도 중요하다. 감기 증상일 때에는 잠시 장시간의 운동은 중단하고, 10~15분간 할 수 있는 간단한 스트레칭과 요가의 아사나(운동법), 호흡법으로 몸의 혈액과 호흡순환만을 도와주는 것이 좋다.

매년 독감으로 고생하는 학생이라면, 미리 독감 예방접종을 맞는 것도 하나의 좋은 방법이다. 독감 예방주사는 맞는 즉시 독감에 대한 항체가 생기는 것이 아니라 맞은 날로부터 일주일 후부터 서서히 생성되어 한 달 후 최고조에 이르기 때문에 독감 유행 시점 한 달 전인 9월말에서 10월초 사이에 맞아야 효과를 볼 수 있다.

10월의 건강식단

이 시기에는 영양가가 높고 살이 차올라 더욱 맛있는 생선들을 먹을 수 있다. 특히 등푸른생선인 꽁치, 고등어, 연어, 정어리 등은

EPA(eicosapentaenoic acid)와 DHA(docosahexaenoic acid)가 많이 함유되어 있어 혈액을 깨끗하게 하고 뇌의 활동을 활발하게 해 주어 수험생에게 좋은 음식이다. 생선을 기름에 튀기는 것은 영양소 손실이 크므로 굽거나 조려서 먹는 것이 가장 좋다.

고3의 경우 대학수학능력시험이 앞으로 30일 정도 남은 이때부터 시험 전날까지 일상적인 리듬을 깨지 않는 것이 중요하다. 무엇보다 스트레스 관리를 철저히 해야 하고, 규칙적인 식사와 운동 그리고 수면이 필수적이다.

심리적인 안정을 위해서 꼭 하루에 5분이라도 편안한 기도와 명상, 호흡을 하면서 마음관리를 하도록 한다. 조용한 음악과 함께 하면 더욱 긴장 완화에 도움이 될 것이다. 식사를 할 때는 소화가 잘 되는 음식을 먹고, 포만감을 느끼기 전에 식사를 멈추는 습관을 들여야 위에도 부담감이 덜 들고, 식곤증으로 인한 집중력 저하를 막을 수 있다. 그리고 휴식을 취하며 10~20분간 간단한 스트레칭과 마사지를 하면 몸의 혈액순환을 도와 신체의 통증을 예방할 수 있을 것이다.

시험 당일 최상의 컨디션을 위해 꾸준히 안정된 신체리듬을 조절해 놓는 것이 이 시기의 가장 현명한 자기관리임을 명심하자.

평소 삼가해야 할 음식	평소 권장하는 음식
햄버거, 피자, 라면, 과자(스낵), 탄산음료, 커피, 술	제철에 나는 채소와 과일, 된장국, 김치, 등푸른생선, 두부, 토마토, 물

10월 제철음식

채소	어패류, 해조류	과일	김치	기타	요리
고들빼기, 토란, 무, 양배추, 싸리버섯, 송이, 느타리, 노각, 마늘, 시금치, 팥	미꾸라지, 고등어, 꽁치, 청어, 연어, 도미, 삼치, 갈치, 참치, 정어리, 해파리, 꽃게, 대하, 홍합, 낙지	감, 밤, 대추, 유자, 사과, 배, 오미자, 모과	나박김치, 고들빼기김치, 무청깍두기, 순무김치, 도라지김치, 동치미	유자, 모과	송이탕, 토란대볶음, 닭살무국, 홍합미역국, 노각생채, 마늘맛꽁치구이, 도미조림, 삼치데리야키, 무생채, 등푸른생선구이, 마늘닭꼬치, 밤단자, 갈치조림, 고등어구이

환절기 건강관리

갑자기 기온이 내려가 추위에 민감해지는 시기이다. 이제는 제법 두터운 옷을 입고 나가야 할 정도로 차가운 공기를 느끼게 된다. 환절기여서 감기, 알레르기성 비염, 기관지 천식 등에 걸릴 위험도 있다. 이때에도 물을 많이 마셔 감기를 예방하고, 생선과 해초류, 과일류 등을 많이 먹어 무기질과 비타민 섭취를 늘려야 한다.

추운 날에는 체온유지를 위해 지방이 있는 튀김류나 버터, 마가린을 바른 빵 등을 섭취하는 것도 좋고, 따뜻한 음식을 먹거나 차를 마시는 것도 도움이 된다.

수능 전 중요한 건강관리법

　수능처럼 중요한 시험이 있는 날에는 시험 하루 전 저녁부터 마음안정과 식이요법 등이 중요하다. 시험으로 인한 불안감 때문에 약간의 긴장감이 도는 시험 전날 저녁 시간에는 그만큼 소화기관도 위축되기 때문에 저녁식사는 자극이 없는 음식으로 배부르지 않게 먹는 것이 좋다. 식사는 취침 2시간 전에는 끝내야 한다. 위장 내에 장시간 음식물이 머무르면 신경계를 자극해 수면장애를 일으킬 수 있으므로 취침 바로 전 식사는 가급적 피해야 하는 것이다. 저녁 10~11시에는 잠자리에 들어야 하며, 편하게 잠자리에 들지 못할 경우에는 간단히 반신욕을 하거나 따뜻한 우유 한 잔을 마셔 신경계가 안정될 수 있도록 도와주는 것도 좋다.

　시험 당일 아침, 기도와 명상을 5분 이상 하면서 마음을 차분히 가라앉히고 하루를 시작하도록 하자. 아침식사는 위장을 편안하게 하고 식곤증을 피하기 위해 시험 1시간 전에는 끝마쳐야 하며, 평소에 먹던 편한 음식을 조금 모자란 듯하게 먹어야 좋다.

　따뜻한 과일차를 준비하여 쉬는 시간이나 점심 시간에 마시면서 마음을 안정시키는 것도 좋은 방법이다. 점심식사도 평소에 좋아하는 음식을 먹되, 기름진 음식과 육류는 피하고, 소화가 잘되는 음식으로 메뉴를 정해야 한다. 너무 많은 수분 섭취는 시험 도중 화장실을 자주 가야 하는 불상사를 만들므로 아침식사에 한 컵, 점심 시간에 한 컵이나 두 컵 정도만

마시는 것이 좋다. 점심 시간이 끝나기 전 화장실은 꼭 한 번 가도록 한다. 나머지 쉬는 시간에는 간단한 스트레칭을 하여 신체에 활력을 주고 시험 보기 10분 전 약간의 초콜릿과 사탕 같은 당분을 섭취하여 두뇌 활동을 활발하게 도와주는 것도 권한다.

사과, 귤, 토마토, 바나나 등의 과일을 준비하여 허기지는 오후 시간에 먹는 것도 좋다. 시험이 끝난 후 귀가하면 미지근한 물로 샤워를 하며 그간에 쌓였던 긴장을 풀고, 저녁으로는 따뜻한 음식을 먹으며 마음의 평온함을 도모하자.

11월을 위한 특별한 방법, 혈액순환에 좋은 반신욕

반신욕은 우리 몸의 하체의 온도를 올려 주고 상체의 온도를 낮추는 목욕법이다. 대부분의 사람들은 하반신의 체온이 상반신보다 5~6°C 정도 낮기 때문에 반신욕으로 체온의 균형을 잡아 주어 혈액순환을 돕는 것이다. 반신욕은 심신이 피로할 때 신경계의 안정을 도와주어 피로감을 없애 주고, 고혈압이나 심장 질환 환자, 여성의 생리불순이나 생리통 등의 증상에도 좋다.

❶ 물의 온도는 따뜻한 정도인 38~40℃.

❷ 입욕 전 물이나 음료수를 1~2컵 섭취해 수분 보충을 한다.

❸ 욕조에 들어가기 전 발에 따뜻한 물을 부어서 갑작스런 혈압 상승을 막는다.

❹ 몸은 명치 부분의 아래까지만 물에 담근다.

❺ 최소 10분에서 30분까지만 하는 것이 좋다.

❻ 상체에 한기가 느껴질 경우 수건으로 상체를 덮는다.

❼ 목욕 후 긴 바지를 입어 하반신의 따뜻한 체온을 그대로 유지하고 상의는 반팔을 입어서 시원하게 해 준다.

❽ 반신욕이 끝난 후에도 물을 1컵 정도 마셔 수분 공급을 해 준다.

11월 제철음식

채소	어패류, 해조류	과일	김치	기타	요리
무, 파, 당근, 배추, 노각, 연근, 우엉, 늙은호박, 브로콜리	연어, 갈치, 삼치, 방어, 도미, 대구, 옥돔, 참치, 다랑어, 굴, 대하, 낙지, 오징어	감, 사과, 배	총각김치, 굴김치, 김장김치, 늙은호박김치, 동치미, 제육김치	은행, 유자, 오미자, 모과, 땅콩	배추속대국, 방어백숙, 궁중파전, 대구탕, 해물숙회, 무말랭이무침, 우엉채고추조림, 옥돔미역수제비, 굴무침, 오징어말이초회, 대하찜, 연근튀김, 우엉볶음, 동태국

12월 | 기말고사와의 한판 승부 준비하기 |

체온유지에 힘쓰자

한 학년의 마무리인 기말고사가 있는 달이다. 지금껏 열심히 달려온 만큼 유종의 미를 거두려면 조금 더 힘을 내어 마지막 박차를 가할 시기이다. 연말이라는 분위기 때문에 들뜬 기분으로 지내다 보면 생활 패턴을 잃어버리기 쉽다. 이럴 때일수록 분위기에 휩쓸리지 않도록 마음관리를 하고, 차분한 마음으로 기말고사에 임해야 한다.

12월에는 기온이 많이 내려가니 항상 체온(정상 36~38℃)을 유지하고 보온에 신경 써야 한다. 옷은 두터운 옷감의 옷을 한 벌 입는 것보다는 얇은 옷을 여러 벌 겹쳐 입는 것이 훨씬 보온에 도움이 된다. 밀폐된 공간에서는 춥다고 창문을 꼭꼭 닫아 두는 것보다 아침 저녁으로 방 안의 공기를 순환시켜 미세한 먼지나 감기 바이러스 등을 밖으로 내보내 주어야 한다. 따뜻한 유자차나 매실차, 오미자차 등을 마셔서 비타민과 수분을 섭취하는 것도 중요하다. 또한 건조한 날씨에는 가습기나 젖은 수건 등을 놓아 두어 습도조절을 해야 하며, 가습기 사용 시에는 하루에 한 번씩 청소를 해 주어 곰팡이 증식을 막는다.

체온유지를 위한 실내운동과 목욕법

추울 때에는 몸의 근육과 혈관이 많이 수축한다. 이때에는 몸을 자주 움직여서 몸의 온도를 높이고 운동은 기온차가 없는 실내운동(에어로빅, 태권도, 합기도, 요가, 러닝머신, 웨이트 트레이닝)을 한다. 실외에서 운동을 할 경우, 몸의 온도는 높아지는 데 반해 실외의 기온이 낮아 땀이 증발하면서 빠른 시간에 체온을 낮추기 때문에 감기에 걸리기 쉽다. 운동 중 땀은 수건으로 닦아 주고, 운동 후 샤워는 간단하게 미지근한 물로 한다.

겨울철 장시간 목욕은 오히려 피부를 건조하게 만들기 때문에 간단한 샤워가 좋다. 샤워 후에는 몸 전체에 피부보습제를 발라 줘 피부 건조를 막아 주어야 한다.

12월 운동 중 금해야 할 스트레칭

겨울철은 추워서 몸이 움츠러드는 시기이다. 따라서 무리한 스트레칭은 오히려 병을 초래할 수 있기에 조심해야 한다.

1) 목 스트레칭 시 머리 윗부분을 잡고 하는 것은 경추의 상해를 초래하므로 머리의 아랫부분(목의 윗부분)을 잡고 천천히 스트레칭한다.
2) 바로 선 상태로 상체를 숙이는 동작에서는 허리와 등을 편 상태로 해야 한다. 구부리고 숙일 경우 등이 심하게 굽거나 허리에 통증을 줄 수 있으므로 주의한다.
3) 어떠한 스트레칭이든 반동을 주는 것은 근육과 관절의 상해 위험이 있다. 반동을 이용하는 것보다 천천히 꾸준히 스트레칭하는 것이 훨씬 안전하고 효과적이다.
4) 목, 허리, 손가락, 발가락 등의 관절에서 "우두둑" 하는 소리가 날 때까지 비트는 것은 안 좋은 습관이다. 심하게 자주 할 경우 관절염을 초래할 수 있다.

12월 제철음식

채소	어패류, 해조류	과일	김치	요리
무, 당근, 배추, 산마, 생강, 연근, 쑥갓, 콜리플라워, 브로콜리	홍어, 가자미, 주꾸미, 정어리, 방어, 넙치, 복어, 가오리, 다랑어, 낙지, 굴, 맛살조개, 꼬막, 파래, 미역, 김, 굴, 홍게, 대게, 꽃게, 문어, 새우	감 귤 사과 곶감	김장김치, 보쌈김치, 굴깍두기, 백김치, 짠지, 미역김치, 꿩김치, 파래김치	당근주스, 무밥, 생강차, 주꾸미야채볶음, 굴보쌈김치, 가자미조림, 간장게장, 꽃게탕, 콜리플라워볶음, 굴파강회, 가자미식해, 꼬막무침

다니엘 건강관리법

빙판길 미끄러짐 주의

　본격적인 겨울방학이 시작되었다. 이 기간은 다시 자신의 실력을 향상시키기에 좋은 충전의 시간이다. 겨울방학 시작과 함께 먼저, 방학 동안의 전반적인 계획과 하루 계획을 짜는 시간을 갖도록 하고 마음을 굳게 다잡으며 '파이팅'을 외치고 시작한다.

　날씨가 점차적으로 추워지면 신체가 민감하게 되어 체온을 유지하기 위해 저절로 몸을 웅크리게 된다. 신체의 근육들은 그에 따라 수축하고 경직되는데, 그로 인해 순발력이 저하되어 도로의 빙판길에서 갑작스럽게 넘어지면 늦게 대처하게 되어 다치기 쉽다. 그러다 보니 이때에는 낙상사고로 골절상이 많이 발생한다.

　낙상사고를 방지하기 위해서는 신발 밑창이 미끄럽지 않도록 관리해야 하며, 미끄러운 계단이 있는 곳에서는 계단의 손잡이를 잡고 천천히 내려오도록 한다. 급작스런 사고로 크게 다친 경우에는 당황하지 말고 먼저, 다친 부분을 움직이지 않도록 고정한다. 그 후 응급구조 119나 앰뷸런스를 부른 후 침착하게 대처하여 부상자를 조심히 병원으로 옮겨야 한다.

한겨울 우울증 극복하기

해가 짧아지고 대신 어두운 밤이 길어질수록 추운 날씨로 신체는 자연스레 수축하는 반응을 보인다. 그래서 밀폐된 공간에서 계속 몸을 웅크리고 있으면 정신적으로 우울증에 걸리기 쉽다. 이럴 때일수록 더 밝은 사고, 적극적인 행동과 더불어 규칙적인 운동과 즐거운 외출로 겨울철 우울증을 이겨 내야 한다.

어떤 힘든 상황에 처하더라도 피하지 말고 당당하게 맞서야 한다. 어차피 겪어야 할 것이라면 좋은 방향으로 빨리 생각을 바꾸어서 오히려 그 상황을 즐기며 적극적으로 대처하는 것이 현명한 방법이다.

겨울철 비타민 섭취

겨울에는 비타민이 부족해지기 쉬우므로 비타민 섭취에 신경을 써야 한다. 겨울의 제철채소인 시금치, 쑥갓, 브로콜리, 연근 등에는 비타민 C가 풍부하게 들어 있다. 이 채소들을 하루에 한 번 이상은 꼭 섭취하도록 하자.

또한 겨울철 영양간식으로 팥죽을 권한다. 팥에는 비타민 B_1(티아민)이 다량 함유되어 있어서 피로 회복과 각기병 예방에 좋다. 또한 사포닌이라는 성분이 있어 콜레스테롤 수치를 낮추어 주며, 해독작용을 해주어 몸의 나쁜 독소를 없애 준다. 팥을 삶을 때는 사포닌 성분을 유지하기 위해 도중에 물을 버리지 말고 그대로 사용하는 것이 좋다.

한겨울에 좋은 유산소 운동

이 시기의 운동은 활발하게 움직이는 유산소 운동(조깅, 줄넘기, 에어로빅, 수영, 헬스사이클)을 본 운동으로, 스트레칭을 준비 운동과 마무리 운동으로 권한다. 리듬감 있는 유산소 운동은 수축되어 있는 근육을 동적으로 움직여 몸을 이완시켜 준다. 또한 유산소 운동은 추위 때문에 내려가는 신체의 온도를 올려 주며, 산소 공급을 원활히 해 줌으로써 신체의 정적인 흐름을 깨워 혈액순환을 돕는 작용을 해줄 것이다.

스키나 등산 등 장시간 운동을 할 경우 땀이나 눈, 비에 의해 젖은 상태로 추위에 노출되면 손과 발, 귀 등은 동상에 걸리기 쉽다. 때문에 장갑이나 양말, 털모자 등을 얇은 것으로 여러 겹 착용하여야 한다. 또 땀이나 눈, 비에 젖었을 경우 바로 바꾸어 착용해 동상을 예방하여야 한다.

동상에 걸렸을 때에는 동상 부위를 39~40.5°C의 따뜻한 물에 즉시 담그는 것이 좋다. 통증을 유발하기는 하지만, 영구적인 손상을 방지하는 데에는 효과적인 방법이다. 피부의 온도를 올리는 동안에는 통증을 완화시키기 위해 소염진통제를 먹도록 한다.

준비 운동(Warming Up)

❶ 발목 → 무릎 → 허리 → 어깨 → 팔목 → 목 순서대로 모든 관절을 천천히 좌우로 10회씩 돌리며 풀어 준다. 관절 운동은 천천히 느긋하게 할수록 유연성에 좋은 효과를 가져온다.

❷ 제자리 뛰기 50회. 이 준비 운동은 몸의 온도를 천천히 상승시켜 준다. 제자리에서 줄넘기를 하는 것처럼 천천히 실행한다.

마무리 운동(Cool Down)

근육의 스트레칭과 관절 운동

흉식호흡법을 기본으로 실시하여 체온을 서서히 내려 준다. 준비 운동의 관절 운동 후, 팔-다리-몸통의 순서대로 스트레칭과 호흡법을 함께 천천히 실시한다.

팔 스트레칭

❶ 다리를 어깨 너비로 벌리고 허리를 펴고 바로 선다.

❷ 오른팔 팔꿈치를 편 상태로 위로 쭉 뻗고 손바닥은 몸통 쪽을 바라보도록 한다.

❸ 오른팔 팔꿈치를 구부려서 손바닥이 등에 닿도록 내리고, 왼손은 오른팔 팔꿈치를 잡는다.

❹ 숨을 들이마셨다가 내쉬면서 왼손을 왼쪽으로 끌어 당기며, 오른팔의 위쪽 근육이 당기도록 도와준다.

❺ 15초 유지(호흡은 자연스럽게).

❻ 다시 숨을 들이마셨다가 내쉬면서 왼쪽으로 한 번 당겨 준 후, 천천히 제자리로 돌아온다.

❼ 반대쪽도 같은 방법으로 실행한다.

다리 스트레칭

❶ 오른발을 앞, 왼발을 뒤로 충분히 벌리고 양
손으로 오른쪽 무릎을 짚는다.

❷ 숨을 들이마셨다가 내쉬면서, 오른쪽 무릎
을 앞쪽으로 구부린다.

❸ 이때 왼쪽 무릎을 쭉 펴고 왼쪽 뒷다리가 당
기도록 노력한다.

❹ 15초 유지(호흡은 자연스럽게).

❺ 다시 숨을 들이마셨다가 내쉬면서 천천히 제자리로 돌아온다.

❻ 반대쪽도 같은 방법으로 실행한다.

옆구리 스트레칭

❶ 양발을 어깨 너비로 벌린다.

❷ 오른팔을 머리 위로 쭉 펴고, 왼팔은 왼
쪽 허벅지에 붙인다.

❸ 숨을 들이마셨다가 내쉬면서, 몸통을
왼쪽으로 구부린다.

❹ 10초 유지(호흡은 자연스럽게).

❺ 다시 숨을 들이마셨다가 내쉬면서 천천
히 제자리로 돌아온다.

다니엘 건강관리법

❻ 반대쪽도 같은 방법으로 실행한다.

1월 제철음식

채소	어패류, 해조류	과일	김치	기타	요리
당근, 연근, 파, 시금치, 우엉	굴, 게, 도미, 삼치, 가자미, 방어, 대구, 정어리, 문어, 해삼, 명태, 옥돔, 아귀, 개조개	귤, 레몬	굴깍두기, 청각김치, 봄동김치, 움파김치, 톳김치	호두	우엉채튀김, 삼치버터구이, 김무침, 굴해장국, 가자미찜, 아귀찜, 해물전골, 굴전, 명태양념장구이

2월 제철음식

채소	어패류, 해조류	과일	김치	기타	요리
우엉, 고비, 참취, 달래, 봄동, 쑥갓, 시금치, 소송채, 순무, 양파, 움파	홍어, 삼치, 방어, 대구, 넙치, 꼬막, 홍합, 굴, 다시마, 파래, 청각, 파래, 전복	귤, 레몬	굴깍두기, 부추겉절이, 양파겉절이, 순무김치, 전복김치, 냉이김치	유자	봄동무침, 봄동두반장볶음, 취나물어묵볶음, 다시마국, 다시마부각, 홍합탕, 시금치무침, 취나물무침, 봄동겉절이, 쑥갓탕, 쑥버무림

장소별 · 시간별
건강관리법 ||
2.

가장 많은 시간을 보내는 학교에서 할 수 있는 간단하면서도 효과적인 운동법을 몇
가지씩 익혀 두고 시간 날 때마다 반복해 보도록 하자.

1. 학교에서

등교 후

하루의 시작인 아침 시간. 천천히 꼭꼭 씹어 아침을 먹은 다음 여유 있게 학교로 출발하도록 한다. 정해진 등교 시간보다 10분 일찍 학교에 도착하는 것이 중요한 건강관리법이다. 10분 일찍 오느냐, 못 오느냐가 아주 사소한 것 같지만 매우 큰 차이를 가져온다. 느긋한 마음으로 수업 준비를 하는 것과 지각하지 않으려고 허둥지둥 뛰어와서 헉헉거리며 바로 수업을 듣는 것은 다를 수밖에 없다.

10분 정도 일찍 등교한 후 밤새 수면으로 인해 가라앉았던 신체리듬을 깨우고 수업을 들을 마음의 준비를 한다. 이를 위해 자리에 앉자마자 3분 동안 마음관리를 하자. 청소년 마음관리를 위해 쓰여진《다니엘 마음관리 365일》을 통하여 마음을 차분히 가라앉히며 하루 계획을 다시 점검해 보면 좋을 것이다. 그 후 스트레칭과 가슴을 활짝 펴는 간단한 흉식호흡법 5분으로 학교에서의 첫 시작을 맞이하여 보자. 다른 날보다 상쾌한 기분으로 학교에서의 하루를 시작할 수 있을 것이다.

도움이 되는 운동

손 위로 뻗어 기지개 펴기

❶ 의자에 앉은 상태에서 두 손을 깍지 낀다.

❷ 숨을 들이마셨다가 내쉬면서 팔꿈치를 편 상태에서 두 손을 위로 쭉 뻗는다.

❸ 시선은 손등을 따라 위를 보고 허리는 쭉 편다.

❹ 10초 유지(호흡은 자연스럽게).

❺ 다시 숨을 들이마시면서 더 쭉 폈다가 내쉬면서 천천히 팔을 제자리로 내린다.

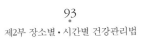

팔 스트레칭

❶ 오른팔을 앞으로 쭉 뻗는다.

❷ 왼팔의 팔꿈치를 구부리고 오른쪽 팔꿈치를 왼팔에 고리 모양으로 건다.

❸ 숨을 들이마셨다가 내쉬면서 왼팔을 왼쪽으로 끌어당기면서 오른쪽 팔을 스트레칭한다.

❹ 10초 유지(호흡은 자연스럽게).

❺ 다시 숨을 들이마시면서 더 당기다가 내쉬면서 천천히 제자리로 돌아온다.

❻ 반대 방향도 같은 방법으로 실행한다.

도움이 되는 호흡법

흉식호흡

❶ 손은 윗배에 살며시 놓고 눈을 지그시 감는다.

❷ 아주 천천히 숨을 코로 들이마시면서 배는 힘을 주어 넣는다.

❸ 처음에는 자신이 들이마실 수 있는 최대 숨의 70%까지만 들이마

신다.

❹ 들이마시면서 점점 흉곽이 커지는 것을 느껴야 한다.

❺ 최대로 들이마셨으면 멈추지 말고 바로 코로 천천히 숨을 내쉰다.

❻ 이때에도 또한 흉곽이 점점 줄어드는 것을 느껴야 한다.

❼ 5~10회 반복.

❽ 익숙해지면 조금씩 들이마시는 양을 늘린다.

❾ 처음부터 욕심을 내면 가슴에 근육통이 생길 수 있으므로 조금씩
들이마시는 양을 늘린다.

수업 시간 중

수업 시간 중 피곤하거나 졸려서 집중이 안 될 때가 있다. 이런 경우 보통 대부분의 학생들은 머리로 이해하는 수업이 아닌, 그저 눈으로 칠판을 보는 일로 시간을 허비한다. 아니면 아예 수업을 포기해 버리고 엎드려 잠을 자는 경우도 있다.

내신에 있어서 가장 중요한 수업 시간을 게으름으로 포기하면 절대 안된다. 힘들어도 조금만 더 참고 견디어야 한다. 자신의 꿈과 목표를 바라보며 게으름에 항복해서는 안 된다. 강한 결단과 함께 구체적인 게으름 퇴치법도 알아 두면 게으름과 피곤함을 극복하는 데 매우 효과적일 것이다.

피곤함이 밀려오면 즉시 펜을 놓고 잠시 동안 축 처져 있는 신체에 활력을 불어넣도록 한다. 다른 친구들의 수업에 방해가 되지 않도록, 동작이 눈에 띄게 크지 않은 스트레칭으로 휴식을 취하도록 한다. 그런 방법으로는 흉식호흡과 더불어 아래에 제시되어 있는 가슴과 허리를 펴는 스트레칭과 손가락 스트레칭 등을 권한다. 이런 간단한 방법으로 몸의 혈액순환을 도와줌으로써 피곤함을 금방 떨쳐 버릴 수 있다.

도움이 되는 스트레칭

어깨 뒤로 젖히며 가슴 열기

❶ 허리를 펴고 앉아서 두 손을 뒤로 깍지 낀다.

❷ 숨을 들이마셨다가 내쉬면서 팔꿈치를 편 상태로 두 손을 뒤로 쭉 뻗는다.

❸ 어깨를 뒤로 젖히고 가슴을 활짝 열며, 허리는 쭉 펴야 한다.

❹ 15초 유지(호흡은 자연스럽게).

❺ 3회 반복

발끝 쭉 뻗어 몸 쪽으로 당기기

❶ 살짝 의자를 뒤로 빼서 의자의 앞쪽 부분에 앉는다.

❷ 무릎을 펴고 발끝을 쭉 뻗는다.

❸ 15초 유지.

❹ 발끝을 몸 쪽으로 당긴다.

❺ 15초 유지.

❻ 번갈아 가며 3회 반복.

손가락 스트레칭

❶ 왼손 엄지손가락을 오른손 바닥 가운데에 댄다.

❷ 그 상태로 왼손 엄지손가락을 지그시 뒤로 스트레칭한다.

❸ 5초 유지.

❹ 이런 순서로 열 손가락을 천천히 스트레칭한다.

오전 쉬는 시간

수업 시간 동안 앉아 있으면서 경직된 근육들을 풀어 주기에 좋은 시간은 쉬는 시간이다. 이 10분간의 시간을 어떻게 활용하느냐에 따라 다음 수업 시간의 집중력이 판가름난다. 이 시간만큼은 충분한 휴식을 취해야 한다. 공부에 대한 심리적 압박감으로 쉬는 시간의 의미마저 놓쳐 버리고 공부를 하는 것은 건강을 잃는 지름길이 될 것이다.

오전 쉬는 시간에는 친구와 그동안 있었던 일을 이야기 하면서 자연스럽게 동작이 큰 스트레칭을 하면, 재미있고 유익한 시간을 가질 수 있다.

도움이 되는 요가 아사나

상상의 의자 자세(Utkatasana)

❶ 허리와 등을 펴고 바로 선다.

❷ 손을 기도하듯 모으고 머리 위로 쭉 뻗는다.

❸ 숨을 들이마셨다가 내쉬면서 무릎을 천천히 앞으로 구부린다.

❹ 상체는 최대한 바로 편다.

❺ 15초 유지(호흡은 자연스럽게).

❻ 다시 숨을 들이마셨다가 내쉬면서 제자리로 돌아온다.

삼각형 자세(Utthita Trikonasana)

❶ 다리를 어깨 너비보다 더 넓게 벌리고 선다.

❷ 양팔을 어깨 높이까지 올리고 팔꿈치는 편다.

❸ 오른발은 오른쪽으로 90도, 왼발은 오른쪽으로 60도 돌리며, 무릎을 편다.

❹ 숨을 들이마셨다가 내쉬면서 오른손을 오른발 뒤편 바닥에 댄다.

❺ 왼팔은 위로 쭉 뻗고, 시선은 왼쪽 손가락을 본다.

❻ 15초 유지(호흡은 자연스럽게).

❼ 다시 숨을 들이마셨다 내쉬면서 천천히 제자리로 온다.

❽ 반대 방향도 같은 방법으로 실행한다.

❾ 3회 반복.

점심 시간

　식사를 할 때는 즐겁게 해야 한다. 친구들과 가장 많은 대화를 할 수 있는 시간으로 걱정거리나 마음의 무거운 짐들은 던져 버린다. 그리고 친구들과 공통된 관심사를 이야기하면서 즐거운 마음으로 식사를 한다. 식사는 천천히 10번 이상 꼭꼭 씹으며, 15~30분 동안 천천히 먹어야 한다. 침 속에 있는 소화효소는 음식물과 잘 섞여서 소화가 잘되게 도와주며, 꼭꼭 씹을수록 파로틴이라는 침샘호르몬이 분비되어 성장, 발육에도 도움을 준다. 식후에는 10분간 편안히 자거나 쉬는 것이 좋다. 바로 활동을 하게 되면 소화를 하느라 내장 기관에 몰려 있는 혈액이 활동을 위해 근육으로 분산되기 때문이다. 그래서 소화가 제대로 안 되고 소화불량에 걸리기 쉬운 것이다.

　그 후 나머지 시간은 답답한 교실을 벗어나 학교 주변을 산책하거나 친구와 걸으며 기분 전환을 하는 시간을 가져 보자. 책과 칠판에 집중해 좁혀졌던 시야를 넓혀 멀리 있는 푸른 나무나 높은 하늘을 바라봄으로써 눈의 피로도 줄일 수 있다. 깊은 호흡을 하면서 답답했던 가슴도 활짝 펴고, 하늘을 편안히 바라보면서 책을 보느라 숙였던 목을 뒤로 젖혀 보기도 한다. 나는 워낙 음악을 좋아했기에 점심을 먹고 난 뒤 좋아하는 음악을 들으며 열심히 걸었다. 조용히 음악을 들으며 산책하는 것은 인생에서 참 소중한 시간이라고 생각한다. 만약 학교에 산책할 장소가 없다면 조용히 음악을 들으며 나무와 하늘을 보면서 쉬는 것도 아주 좋은 건강 회복법이 될 것이다.

한편, 비만 때문에 걱정인 학생은 이 시간을 이용해서 줄넘기를 하면 효과적이다. 요통이나 목, 어깨의 통증 등 질환을 가지고 있는 학생은 부위별 건강관리 내용을 참고로 도움이 되는 체조를 활용하여 유용한 시간을 보내도록 하자.

소화에 도움이 되는 요가 아사나

영웅 자세(Virabhadrasana)

❶ 다리를 어깨 너비보다 넓게 벌리고 허리를 펴고 선다.

❷ 양팔은 양옆으로 벌리고 손등이 위로 오도록 한다.

❸ 몸을 오른쪽으로 틀고, 오른발은 오른쪽으로 90도 돌리고 왼발은 오른쪽으로 60도 돌린다.

❹ 숨을 들이마셨다가 내쉬면서 오른쪽 무릎을 직각으로 구부린다.

❺ 시선은 오른손 끝을 쳐다본다.

❻ 15초 유지(호흡은 자연스럽게).

❼ 다시 숨을 들이마셨다가 내쉬면서 천천히 제자리로 돌아온다.

❽ 반대쪽도 같은 방법으로 실행한다.

❾ 3회 반복.

다리 벌리고 상체 숙이기
(Prasarita Padottanasana)

❶ 두 다리를 어깨 너비보다 훨씬 많이 벌
리고 허리를 펴고 선다.

❷ 숨을 들이마셨다 내쉬면서 허리가 오목하게
들어가는 것을 유지하면서 천천히 상체를
숙인다.

❸ 손으로 바닥을 짚는다(혹은 무릎을 짚는다).

❹ 15초 유지(호흡은 자연스럽게).

❺ 다시 숨을 들이마셨다가 내쉬면서 천천히 제자리로 돌아온다.

❻ 3회 반복.

다니엘 건강관리법

가장 졸린 시간 5교시

점심식사 후 몰려오는 식곤증으로 인해 비몽사몽하는 시간이 바로 5교시이다. 이 시간은 선생님이나 학생 모두에게 가장 피곤한 시간으로 서로가 잘 이겨 내야 한다. 식곤증은 식사 후 음식물이 소화되기 위해 소화기관으로 혈액이 몰리기 때문에 뇌에 공급되는 혈액과 산소의 흐름이 원활하지 않아 일어나는 증상이다.

앞에 나왔던 수업 시간 중 스트레칭과 다음의 스트레칭을 참고하여 피곤함을 없애 보도록 하자. 또한 완전호흡법을 행하여 신체의 전체적인 혈액순환을 도와주자. 머리를 맑게 하고 소화작용을 증진시키는 데 도움이 될 것이다.

도움이 되는 스트레칭

몸통 틀기

❶ 몸통을 오른쪽으로 틀고, 양손으로 의자 뒤 등받이를 잡는다.

❷ 숨을 들이마셨다가 내쉬면서 몸과 고개를 오른쪽으로 튼다.

❸ 5초 유지(호흡은 자연스럽게).

❹ 다시 숨을 들이마셨다가 내쉬면서 제자리로 돌아온다.

❺ 반대 방향도 같은 방법으로 실행한다.

완전호흡법

❶ 허리와 등을 곧게 편다.

❷ 공기가 아랫배 → 가슴 → 목의 순서대로 가득 차게 코로 숨을 들이마신다.

❸ 5초 유지.

❹ 아랫배 → 가슴 → 목의 순서대로 코로 숨을 내쉰다.

❺ 10회 이상.

오후 쉬는 시간

오후의 나른한 쉬는 시간에는 간단한 자가 마사지로 경직되어 있는 몸의 긴장을 풀고 혈액순환을 도와주는 것이 좋다. 더욱 좋은 방법으로는 친구와 함께 서로 마사지를 정성껏 해 주면서 친구간의 우정을 돈독히 하는 것이다. 또한 많이 졸릴 때는 잠깐 잠을 청하는 것도 좋은 방법이다.

단, 낮잠은 쉬는 시간을 넘기지 말아야 하며 30분 이상 자게 되는 경우에는 오히려 머리가 더 무거워지고 피곤해질 수 있으므로 쉬는 시간 10분간만 자는 것이 가장 좋다. 자고 나서도 머리가 개운하지 않으면 물을 20번 이상 꼭꼭 씹은 후 마셔 보도록 하자. 이러한 방법은 머리로의 혈액순환을 촉진하여 다시 공부에 집중할 수 있도록 돕는다.

긴장을 풀어 주는 마사지

목 마사지(혼자)

❶ 목을 살짝 숙이고 오른쪽 손바닥으로 뒷목의 아래를 잡는다.

❷ 목뼈인 경추를 중심으로 오른쪽 근육과 왼쪽 근육을 강하게 잡되, 오른쪽은 오른쪽 손가락 아래의 도톰한 부분으로, 왼쪽은 검지부터 새끼손가락으로 강하게 잡는다.

❸ 뒷목의 아래부터 위까지 천천히 쓸어 올린다.

❹ 반대 방향도 같은 방법으로 실행한다.

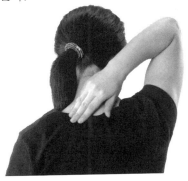

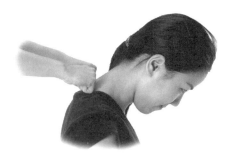

목 마사지(친구와 함께)

❶ 친구를 의자에 앉히고 목을 살짝
숙이게 한다.

❷ 친구의 뒤에 서서 양손의 주먹을
꼭 쥐고 손가락의 튀어나온 두 번
째 마디의 가운데 뼈들로 뒷목의
아래를 살짝 누른다.

❸ 천천히 아래에서 위로 쓸어 올린다.

어깨 마사지(혼자)

❶ 고개는 앞을 본 상태에서 왼쪽으로 구부리고, 왼쪽 검지부터 새끼
손가락으로 어깨의 뭉친 곳(혹은 아픈 곳)을 1분간 꾹꾹 누른다.

❷ 누른 상태에서 오른쪽 어깨를 앞에서 뒤로 크게 돌린다.

❸ 반대쪽도 같은 방법으로 실행한다.

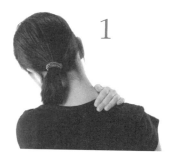

어깨 마사지(친구와 함께)

❶ 친구를 의자에 앉히고 친구
의 뒤에 선다.

❷ 손바닥을 펴고 엄지 아래의
통통한 부분으로 친구의 어
깨 근육을 지그시 누른다.

❸ 목에서 어깨 방향으로 타원을
그리며 천천히 마사지한다.

손가락 마사지(친구와 함께)

❶ 친구의 손바닥이 위를 향하게 한다.

❷ 왼손으로는 친구의 손목과 손을 받치고, 엄지로 친구의 엄지를 누
르고 검지로 친구의 엄지 아래를 받친다.

❸ 엄지의 끝마디를 지그시 5초간 누르
면서 조금씩 이동한다.

❹ 엄지를 손가락의 시작 부분부터 끝
부분으로 천천히 당겨 준다.

❺ 반대 손도 같은 방법으로 실행한다.

손바닥 마사지(친구와 함께)

❶ 친구의 손바닥을 위로 향하게 한다.

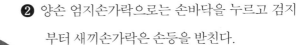

❷ 양손 엄지손가락으로는 손바닥을 누르고 검지부터 새끼손가락은 손등을 받친다.

❸ 천천히 엄지로 손바닥 중간에서 바깥쪽으로 꼭꼭 지그시 누른다.

❹ 누르다가 친구가 특별히 통증을 느끼는 곳은 더 오랫동안 눌러 준다.

❺ 전체적으로 다 누른 후 친구에게 주먹을 쥐게 한 다음 엄지부터 새끼손가락의 순서대로 한 손가락씩 펴면서 손가락을 뒤로 천천히 젖히는 스트레칭을 해 준다.

❻ 다른 손도 같은 방법으로 실행한다.

도움이 되는 스트레칭(의자를 이용)

허벅지 뒤 스트레칭

❶ 오른쪽 발을 의자에 올리고 무릎을 직각으로 구부린다.

❷ 왼발은 뒤로 뻗고 무릎을 쭉 편다.

❸ 양손은 오른쪽 무릎을 짚는다.

❹ 숨을 들이마셨다가 내쉬면서 오른쪽 무릎을 더 구부려 왼쪽 허벅지 뒤가 당기도록 스트레칭한다.

❺ 15초 유지(호흡은 자연스럽게).

❻ 다시 숨을 들이마셨다가 내쉬면서 조금 더 오른쪽 무릎을 구부린 후 제자리로 돌아온다.

❼ 다른 쪽도 같은 방법으로 실행한다.

앞 대퇴부 스트레칭

❶ 선 자세로 의자를 왼손으로 잡는다.

❷ 오른쪽 무릎을 구부리고 발목을 뒤로 올려서 오른손으로 오른쪽 발목을 잡

는다.

❸ 숨을 들이마셨다가 내쉬면서 오른쪽 발목을 엉덩이 방향으로 잡아
당긴다.

❹ 15초 유지(호흡은 자연스럽게).

❺ 다시 숨을 들이마셨다가 내쉬면서 조금 더 안쪽으로 잡아당기다가
천천히 제자리로 돌아온다.

❻ 다른 쪽도 같은 방법으로 실행한다.

방과 후 자율학습 시간 전

수업이 끝난 후 재충전 시간이다. 본인 스스로 하는 자율학습은 자신
만의 시간이므로 철저한 자기관리가 필요하다. 신체를 최상의 컨디션
으로 만들려면 간단하게 우유나 음료수 등을 마셔서 혈액순환을
돕고 에너지를 보충한다.

그리고 수업 중 앉아 있느라 뻣뻣해진 허리 근육을 스트레칭과 체조
를 통해서 풀어 주도록 하며, 머리 지압법을 통해 정신을 맑게 하여 다시
집중할 수 있는 두뇌를 만든다.

허리 근육을 풀어 주는 스트레칭

옆구리 늘이기

❶ 발을 어깨 너비로 벌리고 허리를 펴고
 바로 선다.

❷ 두 손을 깍지 끼고 머리 위로 올린다.

❸ 숨을 들이마시고 내쉬면서 몸을 왼
 쪽으로 기울여 오른쪽 옆구리를
 늘인다.

❹ 15초 유지(호흡은 자연스럽게).

❺ 다시 숨을 들이마시고 내쉬면서 제자리로
 돌아온다.

❻ 반대 방향도 같은 방법으로 실행한다.

상체 숙여 몸통 돌리기

❶ 발을 어깨 너비로 벌리고 허리를
 펴고 바로 선다.

❷ 양팔을 옆으로 벌리고 상체를
 숙인다(허리는 계속 펴야 한다).

❸ 오른손은 왼발에 닿고 왼손은

위를 향해 뻗도록 몸통을 천천히 돌린다.

❹ 이때 시선은 왼손 끝을 바라본다.

❺ 5초 유지.

❻ 왼손은 오른발에 닿고 오른손은 위를 향해 뻗도록 몸통을 천천히 돌린다.

❼ 5초 유지.

❽ 10회 반복.

허리 돌리기

❶ 발을 어깨 너비로 벌리고 허리를 펴고 바로 선다.

❷ 허리에 양손을 올리고 오른쪽으로 크게 돌린다.

❸ 10회 반복.

❹ 왼쪽으로 크게 돌린다.

❺ 10회 반복.

정신을 맑게 하는 머리 지압법

❶ 손에 공을 살며시 쥐듯 손가락을 구부린다.

❷ 머리를 다섯 손가락 끝으로 톡톡 두드린다. 이때 손목의 스냅을 이
   용한다.

❸ 머리의 구석구석을 1분 정도 천천히 두드린다.

❹ 그 다음 머리를 손가락으로 지그시 누른다.

❺ 뒤통수 밑의 머리뼈까지 꼼꼼히 1분간 누른다.

2. 방과 후 버스나 지하철 안에서

학교 수업이 끝난 후, 집이나 학원으로 가는 길은 몸도 마음도 조금은 답답하고 무거운 경우가 많다. 이럴 때는 분위기를 바꿔서 좋아하는 음악을 들으며(혹은 흥얼거리며) 발걸음을 가볍게 하여 기분을 전환해 보자. 리듬에 맞춰 고개도 끄덕이고, 걸음걸이도 박자에 맞춰 신나게, 팔도 앞뒤로 힘차게 흔들어 보는 것이다. 그러면 한결 기분도 좋아지고 집이나 학원에서의 공부도 더욱 집중이 잘될 것이다.

가는 길이 멀면 대중교통을 이용하게 된다. 버스나 지하철의 흔들림을 이용해 간단하게 할 수 있는 운동으로 '괄약근 조이기(케겔 운동)'를 소개한다.

괄약근(항문 주위의 근육) 조이기

흔들리는 버스나 지하철 안에서 스트레칭을 할 수 없다면 괄약근 조이기를 해 보자. 이 운동은 소화작용을 도와 변비를 예방할 수 있게 해 주고 또한 집중력을 키워 주며 머리를 맑게 해 준다.

양발뒤꿈치를 모으고 변을 참듯이 괄약근을 10초 동안 최대한 수축한다. 그후 수축한 시간만큼 근육을 풀어 이완시킨다. 점점 시간을 늘려 이것을 최소 10~30번 실행한다.

하교 후

수분 섭취의 비밀

집에 돌아와서는 밖에서 묻혀 온 먼지를 제거하고 세균감염을 막기 위해 먼저 손, 발을 깨끗이 씻는다. 그 후 충분한 수분 섭취와 영양 섭취를 위해 물, 우유, 음료수, 과일 등을 간식으로 먹는 것이 좋다. 우리 인체에서 수분이 차지하는 비율은 50~70%이며, 이 중 3~4%만 빠져나가도 심한 갈증을 느끼게 된다.

수분은 몸의 신진대사가 활발하게 이루어지게 하고, 혈액과 림프액을 조절해 주어 체온유지와 면역기능을 돕는 중요한 역할을 하고 있다. 수분은 호흡과 땀, 소변 등으로 배출되므로 보충하기 위해서는 그만큼 더 섭취해야 한다.

하루 동안 마셔야 하는 물의 권장 섭취량은 총 8잔 정도이며 마실 때는 아주 천천히, 조금씩 마시는 것이 좋다. 갑자기 많이 마시게 되면 위액이 묽어져 소화에 지장을 줄 수 있기 때문이다. 물도 꼭꼭 씹어 먹으라는 말은 이런 이유에서이다.

하교 후 집에서 할 수 있는 운동과 체조들

하교 후 운동은 한 가지 종목을 정한 후, 일주일에 3일 정도 꾸준히 해야 그 효과를 볼 수 있다. 운동종목은 자신이 관심 있어 하는 것을 선택하는 것이 가장 좋다. 운동은 관심이 있고 재미를 느껴야 꾸준히 할 수 있기 때문이다. 어느 운동이든 억지로 해야 한다는 생각을 가지고 하면 점점 하기 싫어지고 결국 부담스러워져서 오히려 스트레스만 쌓일 수 있기에 좋아하고 관심 있어 하는 운동을 해야 한다.

내가 권장하고 싶은 운동은 양팔과 양다리를 동시에 사용하는 것이다. 예를 들면 조깅, 수영, 줄넘기, 등산 등이다. 이런 운동은 몸이 균형있게 성장하도록 도와준다. 그러나 한쪽으로만 하는 운동(예를 들어 테니스, 탁구 등)은 척추와 골반의 변형을 불러일으키기 때문에 다른 질병을 가져올 수 있다.

그 외에 집에서 편하게 음악을 들으며 할 수 있는 체조와 요가 아사나,

필라테스 등을 적극 권하고 싶다.

누워서 엉덩이 들기

❶ 위를 보고 바르게 눕는다.

❷ 양발을 어깨 너비로 벌린다.

❸ 무릎을 구부려서 발바닥이 바닥에 닿도록 한다.

❹ 양손을 몸통 옆에 짚는다.

❺ 천천히 엉덩이를 든다.

❻ 15초 유지.

❼ 천천히 제자리로 돌아온다.

❽ 3회 반복.

엎드려서 양팔, 양다리 들기

❶ 엎드려 누운 상태로 팔을 머리 위로 뻗는다.

❷ 양팔과 양다리를 동시에 위로 든다.

❸ 15초 유지.

❹ 천천히 제자리로 돌아온다.

❺ 3회 반복.

도움이 되는 요가 아사나

활 자세(Dhanurasana)

❶ 엎드려 누운 상태로 무릎을 구부리고 팔을 뒤로 뻗어서 양발목을 잡는다.

❷ 숨을 들이마셨다가 내쉬면서 손으로 다리를 잡아당기고, 허벅지와 가슴을 바닥에서부터 들어 올린다.

❸ 시선은 위를 향하고 배로서만
　 균형을 잡는다.

❹ 15초 유지(호흡은 자연스럽게).

❺ 천천히 제자리로 돌아온다.

❻ 3회 반복.

하체 늘이기 자세(Urdhva Mukha Paschimottanasana)

❶ 위를 보고 바닥에 눕는다.

❷ 무릎을 편 상태로 다리를 들어 올려서 머리 위로 넘긴다.

❸ 이때 손가락을 깍지 껴서 발바닥을 잡고(안 될 경우 발목 혹은 무릎
　 뒤) 숨을 들이마셨다가 내쉬면서 머리 위로 당긴다.

❹ 15초 유지(호흡은 자연스럽게).

❺ 숨을 들이마셨다가 내쉬면서 천천히 제자리로 돌아온다.

❻ 3회 반복.

골반 늘이기 자세(Anantasana)

❶ 옆으로 누운 자세로 오른손으로 머리를 받치고, 몸의 오른쪽을 바닥에 댄다.

❷ 오른쪽 무릎을 뒤로 구부려서 중심을 잡는다.

❸ 왼손을 쭉 뻗고, 왼발 무릎을 구부려서 발가락을 잡는다.

❹ 숨을 들이마셨다가 내쉬면서 무릎을 쭉 펴고, 다리가 바닥과 직각이 되도록 한다.

❺ 15초 유지(호흡은 자연스럽게).

❻ 숨을 들이마셨다가 내쉬면서 천천히 제자리로 돌아온다.

❼ 반대 방향도 같은 방법으로 실행한다.

물고기 자세(Ardha Matsyasana)

❶ 위를 보고 바닥에 눕는다.

❷ 팔을 뻗고 손바닥을 아래로 하여 양손바닥을 엉덩이 아래에 놓는다.

❸ 숨을 들이마셨다가 내쉬면서 팔꿈치를 바닥에서부터 밀면서 허리
와 등을 위로 올린다.

❹ 이때 머리를 뒤로 젖히고 등을 동그랗게 만든다.

❺ 정수리를 살짝 바닥에 놓고 몸의 중심을 팔꿈치와 어깨에 놓는다.

❻ 15초 유지(호흡은 자연스럽게).

❼ 숨을 들이마셨다가 내쉬면서 천천히 제자리로 돌아온다.

❽ 3회 반복.

저녁 운동은 식사 후로 1시간 이내에는 활발한 소화 활동을 위해 피해야 하며, 또한 잠들기 1시간 전에는 운동과 식사를 끝내야 한다. 이는 신경을 흥분시키거나 장이 활동하게 돼 숙면을 방해하기 때문이다.

또한 커피나 홍차 같은 카페인 음료는 피하며, 흡연 또한 숙면을 방해할 뿐만 아니라 백해무익하므로 금해야 한다. 샤워는 간단히 10∼20분 안에 끝내야 하며, 오전에 할 때에는 20°C의 약간 시원한 온도로 하여 잠들어 있던 신경계를 깨우는 것이 좋고 저녁에 할 때에는 38°C 미지근한 물로 신경계를 안정시켜 숙면하는 것이 좋다.

한편 운동 후의 샤워는 올라갔던 체온을 다시 정상 체온으로 떨어뜨린다. 탄력 있는 피부를 위해 샤워의 마지막에는 20°C의 약간 시원한 온도로 하는 것이 좋으나 고혈압이나 심장 질환이 있는 사람들은 미지근한 물로 샤워할 것을 권한다.

부위별
건강관리법 III

3.

청소년기에 생기기 쉬운 부위별 증상과 그 예방법을 소개하였다. 잘 익혀두고 수시
로 활용하기 바란다. 실력과 건강을 지켜줄 것이다.

1. 목과 어깨의 통증

원인 자주 머리를 숙이는 자세(예: 공부할 때 아래로 책을 보는 습관), 한쪽 방향으로만 보는 일상적 습관(예: 친구가 뒤에서 부를 때 오른쪽으로만 고개를 돌려서 쳐다보는 습관 등), 칠판을 보며 수업을 들을 때 한쪽으로 턱을 괴고 보는 습관, 컴퓨터 사용 시 고개를 숙이거나 목을 앞으로 내미는 자세 등.

증상 뒷목의 뻣뻣함과 통증, C7(경추 7번)의 돌출, 더 나아가 혈액순환의 문제로 인한 어깨의 뭉침 현상 등.

예방 및 조치 적절한 목 운동으로 유연성 유지와 일자 목 방지, 경추 측만증(휘어짐) 방지, 목의 근력 향상, 어깨 뭉침 방지.

도움이 되는 운동

관절가동운동(Range of Motion Exercise
: Flexion & Extension – 머리 뒤로 젖히기 & 앞으로 숙이기)

❶ 어깨와 허리를 펴고 바르게 앉는다.

❷ 숨을 들이마신 후 내쉬면서 머리를 천천히 뒤로 젖힌다.

❸ 그 상태로 15초 유지(호흡은 편안하게).

❹ 숨을 들이마셨다가 내쉬면서 머리를 천천히 아래로 숙인다.

❺ 그 상태로 15초 유지(호흡은 편안하게).

❻ 숨을 들이마신 후 내쉬면서 제자리로 돌아온다.

❼ 3회 반복.

1   2

관절가동운동(Range of Motion Exercise
: Lateral Flexion – 머리 오른쪽 기울이기 & 왼쪽 기울이기)

❶ 어깨와 허리를 펴고 바르게 앉는다.

❷ 오른손을 왼쪽 머리에 댄다.

❸ 숨을 들이마신 후 내쉬면서 머리를

　천천히 오른쪽으로 기울인다.

❹ 그 상태로 15초 유지(호흡은 편안하게).

❺ 제자리로 돌아온다.

❻ 반대 방향도 같은 방법으로 실시.

❼ 3회 반복.

관절가동운동(Range of Motion Exercise
: Neck Rotation – 머리 왼쪽 뒤로 돌리기 & 오른쪽 뒤로 돌리기)

❶ 어깨와 허리를 펴고 바르게 앉는다.

❷ 숨을 들이마신 후 내쉬면서 머리를 천천히
   왼쪽 뒤 45° 방향으로 돌린다.

❸ 그 상태로 15초 유지(호흡은 편안하게).

❹ 숨을 들이마셨다가 내쉬면서 머리를
   천천히 오른쪽 뒤 45° 방향으로 돌린다.

❺ 그 상태로 15초 유지(호흡은 편안하게).

❻ 숨을 들이마신 후 내쉬면서 제자리로
   돌아온다.

❼ 3회 반복.

목강화운동(Strengthening Exercise
: Forehead & Occiput Press – 이마 누르
  기 & 뒷머리 누르기)

❶ 어깨와 허리를 펴고 바르게 앉는다.

❷ 양손바닥을 이마에 댄다.

❸ 손바닥으로 이마를, 이마는 손바닥
   을 누른다.

❹ 그 상태로 15초 유지.

❺ 천천히 손을 떼고 5초 휴식.

❻ 양손을 깍지 끼고 뒷머리에 댄다.

❼ 양손으로 뒷머리를, 뒷머리는 손바닥을 누른다.

❽ 그 상태로 15초 유지.

❾ 천천히 손을 떼고 제자리로 돌아온다.

❿ 3회 반복.

다니엘 건강관리법

유연성운동(Flexibility: Shoulder Rotation – 어깨 돌리기)

❶ 어깨와 허리를 펴고 바르게 앉는다.

❷ 어깨를 편 상태에서 양손을 어깨에 얹는다.

❸ 팔꿈치로 크게 원을 그리듯 천천히 어깨를 앞에서 뒤로 돌린다.

❹ 10회 반복.

❺ 반대 방향으로 어깨를 뒤에서 앞으로 돌린다.

❻ 10회 반복.

2. 등의 통증

원인 등을 움츠리는 자세(예: 필기 때 몸을 웅크리고 쓰는 자세), 한쪽으로 가방 메기, 한손으로만 무거운 물건 들기, 컴퓨터 장시간 사용 시 몸을 웅크리는 자세 등.

증상 척추가 새우등처럼 굽는 현상, 한쪽 어깨가 올라감, 한쪽 등이 튀어나옴, 근육의 불균형으로 인한 뭉침, 흉추 측만증 등.

예방 및 조치 등을 바르게 폄으로써 어깨와 등의 휘어짐 방지, 근육의 유연성 되찾기, 균형 잡힌 등근육 형성 등.

도움이 되는 운동

등강화운동1(Scapular Strengthening Exercise : Rhomboid 1 - 견갑골(날갯죽지뼈) 강화 운동 1)

❶ 다리는 어깨 너비로 벌리고, 허리는 바르게 펴고 선다.

❷ 등 뒤로 양손을 깍지 낀다.

❸ 숨을 들이마신 후 내쉬면서 양날갯죽지뼈 (견갑골)가 서로 가까워지도록 힘을 준다.

❹ 15초 유지.

❺ 숨을 들이마시고 다시 내쉬면서 제자리로 돌아 온다.

등강화운동2(Scapular Strengthening Exercise : Rhomboid 2 - 견갑골 강화 운동2)

❶ 다리는 어깨 너비로 벌리고, 허리를 바로 펴고 선다.

❷ 머리 뒤로 양손을 깍지 낀다.

❸ 숨을 들이마신 후 내쉬면서 양날갯죽지뼈가 서로 가까워지도록 힘을 준다.

❹ 15초 유지.

❺ 숨을 들이마시고 다시 내쉬면서 제자리로 돌아온다.

유연성운동(Flexibility
: Shoulder Extension with Towel – 수건으로 어깨 펴기)

❶ 다리는 어깨 너비로 벌리고, 허리를 바로 펴고 선다.

❷ 등 뒤에서 양손으로 수건을 잡는다.

❸ 숨을 들이마신 후 내쉬면서 팔꿈치를 펴고 수건이 상체로부터 멀리 떨어지도록 팔을 위로 든다.

❹ 어깨를 최대한 펴고 15초간 유지.

❺ 다시 숨을 들이마시고 내쉬면서 제자리로 돌아온다.

3. 허리의 통증

원인 책상에 앉아서 공부할 때 허리를 구부리고 오래 앉는 습관, 비만으로 인하여 상체 체중의 과부하로 인해 나타나는 추간판 탈출 디스크 증상 및 퇴행성 디스크 증상, 다리를 꼬는 자세의 비틀림으로 인한 척추 측만증, 운동 부족으로 근육과 인대의 불균형과 근력 약화 등.

증상 척추 측만증으로 인한 근육 불균형, 허리 통증과 심할 경우 다리의 저림, 신경의 눌림으로 심폐기능과 소화기능의 약화.

예방 및 조치 허리 근육의 유연성과 근력 향상으로 디스크 증상 완화.

도움이 되는 운동

유연성운동1(Flexibility
: Standing Extension - 허리 뒤로 젖히기)

❶ 다리는 어깨 너비로 벌리고, 허리를 바
로 펴고 선다.

❷ 양손은 허리에 올린다.

❸ 숨을 들이마신 후 내쉬면서 상체와
허리를 뒤로 젖힌다.

❹ 15초 유지.

❺ 다시 숨을 들이마시고 내쉬면서
제자리로 돌아온다.

유연성운동2(Flexibility: Lower Trunk Rotation - 허리 비틀기)

❶ 바닥에 하늘을 쳐다보며 등을 대고 바로 눕는다.

❷ 양팔은 옆으로 벌리고 무
릎을 굽히고 발바닥을 바
닥에 붙인다.

❸ 숨을 들이마셨다가 내쉬
면서 무릎을 오른쪽으로

다니엘 건강관리법

내린다.

❹ 5초 유지 후 숨을 들이마셨다가 내쉬면서 왼쪽으로 무릎을 내린다.

❺ 5초 유지 후 다시 숨을 들이마시고 내쉬면서 제자리로 돌아온다.

❻ 10회 반복.

근력강화운동(Abdominal Strengthening Exercise
: Partial Sit-up Progression - 반 윗몸일으키기)

❶ 바닥에 등을 대고 바로 눕는다.

❷ 양팔은 앞으로 나란히 한 상태로 무릎을 굽히고 발바닥을 바닥에
  붙인다.

❸ 숨을 들이마셨다가 잠시 멈추면서 상체를 오른쪽으로 들어 올리며

왼손을 오른쪽 무릎 가까이 댄다.

❹ 편안한 호흡으로 15초 유지.

❺ 다시 숨을 들이마시고 내쉬면서 제자리로 돌아온다.

❻ 반대 방향도 같은 방법으로 반복.

❼ 3~5회 반복.

유연성운동3(Flexibility: Push-up with Hip Tilt – 엎드려 상체 들기)

❶ 바닥에 엎드려 눕는다.

❷ 손바닥을 양어깨 옆으로 짚는다.

❸ 숨을 들이마셨다가 내쉬면서 상체를 들어 올린다.

❹ 15초 유지.

❺ 다시 숨을 들이마신 후 내쉬면서 제자

리로 돌아온다.

다니엘 건강관리법

유연성운동 4 (Flexibility
: Advanced Back/Abdominal Exercise – 강아지 자세 & 고양이 자세)

❶ 네 발로 기는 자세를 취한다(양팔은 어깨 밑에
   무릎은 골반 밑에 위치).

❷ 숨을 들이마셨다가 내쉬면서 고개는
   위로, 배는 아래 방향으로 하여 강
   아지처럼 자세를 취한다.

❸ 15초 유지.

❹ 다시 숨을 들이마셨다가
   내쉬면서 이번에는 반대로 고개는 아래로 내리고, 배는 위로 올려
   서 허리가 동그랗게 되도록 고양이 자세를 취한다.

❺ 15초간 유지.

❻ 숨을 들이마셨다가 내쉬면
   서 제자리로 돌아온다.

❼ 3회 반복.

4. 무릎의 통증

원인 O다리, X다리로 인한 관절의 불균형, 과체중 때문에 생긴 관절의 부담, 스포츠에 의한 외상(예: 축구).

증상 무릎의 뻣뻣함과 통증.

예방 및 조치 무릎 연골의 윤활유인 활액의 순환을 돕고, 근육과 인대를 강화하고 유연성을 향상시켜 준다.

도움이 되는 운동

유연성운동 1(Flexibility
: Patellar Mobility – 무릎관절 풀어 주기)

❶ 다리를 펴고 바닥에 앉는다.

❷ 공을 잡듯이 손가락을 동그랗게 세운다.

❸ 무릎의 동그란 뼈를 단단히 잡는다.

❹ 잡은 손가락을 원을 그리듯 천천히 오른쪽
방향으로 돌린다.

❺ 15회 반복.

❻ 그 후 왼쪽 방향으로 반복하여 15회 돌린다.

근력강화운동(Quadriceps Strengthening Exercise

– 무릎과 대둔근(허벅지) 근력 운동)

❶ 다리를 펴고 바닥에 앉아서 손을 짚고 상체를 뒤로 기댄다.

❷ 한쪽 다리는 구부리고 환측(아픈 쪽) 다리는 펴서
허벅지(대둔근)와 무릎에 힘을 준다.

❸ 15초간 유지.

❹ 3회 반복.

유연성운동 2(Flexibility: Quad. Stretch-standing - 무릎 스트레칭)

❶ 허리와 어깨를 펴고 바르게 선다.

❷ 뒤로 한쪽 발을 구부려서 올린 후 발목을 잡
는다.

❸ 숨을 들이마셨다가 내쉬면서 무릎을 구부려서
발뒤꿈치를 최대한 엉덩이 쪽으로 당긴다.

❹ 15초간 유지.

❺ 다시 숨을 들이마셨다가 내쉬면서 제자리로 돌
아온다.

❻ 반대쪽도 같은 방법으로 실시.

그 외 수영장에서의 운동

물의 부력으로 인해 관절에 가해지는 압박과 긴
장이 적기 때문에 관절염 환자들이 할 수 있는 좋은
운동이다.

5. 발목의 통증

원인 잘못된 걷기 습관 때문에 인대가 불균형해져 일어나는 발목의 삠, 혹은 운동 중 생긴 손상.

증상 발목이 붓거나 욱씬거림, 혹은 통증.

예방 및 조치 발목의 유연성을 높여 상해의 위험을 막고 근력 운동을 통해 균형 잡힌 근력 향상을 도모한다.

도움이 되는 운동

유연성운동 1(Flexibility: Inversion/Eversion - 발목 옆 스트레칭)

❶ 의자에 편하게 앉는다.

1   2

❷ 발목을 꺾어서 발바닥이 바깥쪽을 향하도록 한다.

❸ 15초 유지.

❹ 천천히 발목을 반대 방향으로 꺾어서 발바닥이 안쪽을 향하도록
한다.

❺ 15초 유지.

❻ 제자리로 돌아온다.

❼ 3회 반복.

유연성운동 2(Flexibility

: Dorsiflexion/Plantar Flexion − 발목 위아래 스트레칭)

❶ 의자에 편하게 앉는다.

❷ 발목을 밑으로 꺾어서 발가락을 최대한 아래로 내린다.

❸ 15초 유지.

❹ 천천히 발목을 위로 꺾어서 발가락을 최대한 위로 올린다.

❺ 15초 유지.

❻ 제자리로 돌아온다.

❼ 3회 반복.

근력강화운동(Strengthening Exercise: Toe Raise - 발뒤꿈치 들기)

❶ 다리는 어깨 너비로 벌리고, 허리는 바로 펴고 선다.

❷ 숨을 들이마셨다가 내쉬면서 발가락으로 서서 천천히 발뒤꿈치를
올린다.

❸ 15초 유지.

❹ 다시 숨을 들이마셨다가 내쉬면서 천천히 제자리로 돌아온다.

다니엘 건강관리법

유연성운동 3(Flexibility: Heel Cord Stretch with Towel
: Sitting − 수건으로 발바닥 당기기)

❶ 다리를 펴고 바닥에 앉는다.

❷ 한쪽 다리는 구부리고, 아픈 쪽 다리는 펴서 발바닥에 수건을 감싼
후 수건의 양쪽을 잡는다.

❸ 숨을 들이마셨다가 내쉬면서 수건을 몸 쪽으로 천천히 잡아당긴다.

❹ 15초 유지.

❺ 다시 숨을 들이마셨다가 내쉬면서 제자리로 돌아간다.

❻ 3회 반복.

6. 손목의 통증

원인 컴퓨터 마우스의 장시간 사용으로 인한 인대와 근육의 긴장, 혹은 운동 중 생긴 손상.

증상 손목의 뻐근함, 통증.

예방 및 조치 손목 관절의 움직임 범위를 넓혀 유연성을 찾아 주고, 근력을 키워 통증이 가라앉게 도와준다.

유연성운동(Flexibility: Wrist Flexion/Extension - 손목 스트레칭)

❶ 의자에 바로 앉는다.

❷ 손바닥으로 아픈 쪽 손의 손등을 감싸 쥔다.

❸ 손등을 천천히 지그시 아래로 누른다.

❹ 15초 유지.

❺ 천천히 제자리로 돌아온다.

❻ 손바닥으로 아픈 쪽 손가락을 감싸 쥔다.

❼ 손가락을 천천히 편 상태로 지그시 위로 당긴다.

❽ 15초 유지.

❾ 천천히 제자리로 돌아온다.

1   2

질환별
건강관리법 |||
4.

학업에 대한 부담감으로 긴장과 스트레스가 많은 청소년들이 꼭 알아 두어야 할 각
종 질환의 예방법과 적절한 조치법을 설명하였다. 잘 익혀 두어 늘 건강하고 활기찬
생활을 하도록 하자.

1. 소화불량

원인 보통 궤양형, 역류형, 운동 장애형으로 분류된다. 위 운동의 이상, 헬리코박터피로리균의 감염, 장의 감각기능 이상 등이 원인이다. 소화기 질환, 심장 질환, 정신적인 질환 등과 관련될 수 있다. 여러 가지 유형 중 우리나라에서는 위 운동 장애형이 가장 많이 나타난다.

증상 음식 섭취 후 소화가 안 되는 증상으로 속쓰림, 식욕부진, 답답함, 불쾌한 포만감, 통증, 위산 역류 등 소화기 계통에 문제가 생긴다. 심해지면 구토와 그에 따르는 체중 감소가 나타난다.

예방 및 조치 식이섭취와 스트레스에 민감한 질환으로 증상이 심할 경우에만 약물을 복용하고 그 외에는 규칙적인 운동과 올바른 식이습관을 들여 정신적 스트레스를 줄이는 노력이 필요하다.

도움이 되는 요가 아사나

나무 자세(Vrksasana)

❶ 허리와 목을 바로 펴고 선다.

❷ 오른쪽 무릎을 구부리고 오른손으로 오른쪽 발목을 잡는다.

❸ 오른쪽 발뒤꿈치를 왼쪽 허벅지에 깊게 붙인다.

❹ 왼쪽 다리로 천천히 균형을 잡은 후 두 손을
기도하듯 모은다.

❺ 숨을 들이마셨다가 내쉬면서 손을 위로 천
천히 올리며 팔꿈치를 쭉 편다.

❻ 팔꿈치는 최대한 귀 뒤로 넘기고 머리는
정면을 쳐다보며 숙이지 않는다.

❼ 15초 유지(호흡은 자연스럽게).

❽ 다시 숨을 들이마시고 내쉬면서 천천히 손
을 먼저 내리고 다리를 내린다.

❾ 반대 방향도 같은 방법으로 실행한다.

❿ 3회 반복.

전사 자세(Virabhadrasana)

❶ 양발은 어깨 너비보다 더 넓게 벌리고 허리를 펴고 선다.

❷ 두 손을 가슴 앞에서 모은다.

❸ 숨을 들이마셨다가 내쉬면서 두 손을 머리 위로 뻗는다.

❹ 이때 두 손바닥은 떨어지면 안 되며, 양팔은 귀 뒤에 붙여야 한다.

❺ 몸통을 오른쪽으로 돌리면서 오른발은 오른쪽으로 직각이 되도록, 왼발은 60°가 되도록 움직인다.

❻ 다시 한 번 숨을 들이마셨다가 내쉬면서 오른쪽 무릎을 구부리면서 손바닥을 쳐다본다.

❼ 15초 유지(호흡은 자연스럽게).

❽ 다시 숨을 들이마셨다가 내쉬면서 천천히 제자리로 돌아온다.

❾ 반대 방향도 같은 방법으로 한다.

상체 숙이기 자세(Padangusthasana)

❶ 양발을 모으고 바로 선다.

❷ 숨을 들이마셨다가 내쉬면서 등과
허리를 편 상태로 몸을 앞으로 구부
려 발가락을 잡는다.

❸ 무릎에 힘을 주어 구부러지지 않게
유지한다.

❹ 15초 유지(호흡은 자연스럽게).

❺ 다시 숨을 들이마셨다가 내쉬면서
천천히 제자리로 돌아온다.

식이요법

· 금하는 음식

- 위와 장에 자극이 강한 음식: 커피, 탄산음료, 수제비, 라면, 케이
크, 마요네즈, 고추장, 식초, 겨자 등.

- 소화되기 힘든 기름기 많은 음식: 돼지고기, 기름기 많은 생선, 튀
김 등.

2. 두통

원인 두통은 누구나 일상에서 한 번쯤 겪는 증상이다. 이는 근육의 긴장이나 신경의 압박, 뇌신경이나 척수신경의 압박, 뇌동맥과 정맥의 갑작스런 확장, 혹은 뇌압이 상승할 때 나타난다. 스트레스와 과로, 피로, 우울증, 불안감 등에 의해 나타날 수 있으며, 고개를 많이 숙이는 작업으로 인해 목덜미 근육의 오랜 수축 작용이 원인이 되어 나타날 수도 있다.

증상 목과 어깨의 뻣뻣함과 통증, 머리가 조이는 듯한 느낌, 눈의 피로, 집중력 저하, 무기력증, 심할 경우 언어장애, 시력장애, 마비 등의 증상이 나타날 수 있다.

예방 및 조치 약물요법에 의존하기보다는 평소에 바른 자세를 지니고 생활 습관을 개선하는 등의 근본적인 교정이 중요하다. 또한 정신적 스트

레스와 감정을 조절할 수 있는 여유로운 마음을 가지도록 한다. 수면은
충분히 하고 식사는 거르지 말고, 술을 피한다.

도움이 되는 요가 호흡법

교호호흡(Nadi Sodhana Pranayama)

※앞에서도 한 번 연습했던 방법이다.

❶ 등과 허리를 펴고 편안한 자세로 앉는다.

❷ 턱을 가슴 쪽으로 붙이고, 왼쪽 팔은 편하게
무릎 위에 둔다.

❸ 오른손 검지와 중지를 구부리고 엄지와 약지, 새끼손가락은 편다.

❹ 오른손 약지와 새끼손가락으로 왼쪽 콧구멍을 막은 후 오른쪽 콧구
멍으로 천천히 숨을 들이마신다.

❺ 오른손 엄지로 오른쪽 콧구멍도 막은 후 5초 유지.

❻ 오른손 약지와 새끼손가락을 떼어 왼쪽 콧구멍으로 천천히 숨을
내쉰다.

❼ 다시 그 상태로 왼쪽 콧구멍으로 천천히 숨을 들이마신다.

❽ 양쪽 콧구멍을 막고 5초 유지.

❾ 오른손 엄지손가락을 떼면서 오른쪽 콧구멍으로 숨을 내쉰다.

❿ 8~10회 반복.

도움이 되는 요가 아사나

쟁기 자세(Halasana)

❶ 위를 보고 바로 눕는다.

❷ 숨을 들이마시고 내쉬면서 양다리를 천천히 들어 올려 머리 위로
옮기고 발가락을 바닥에 댄다.

❸ 손으로 등 중앙을 받친 후 상체가 바닥과 직각이 되도록 한다.

❹ 손깍지를 낀 후 팔꿈치를 쭉 편다.

❺ 15초 유지(호흡은 자연스럽게).

❻ 숨을 들이마시고 내쉬면서 천천히 깍지를 풀며 제자리로 돌아온다.

원인 혈액 내의 적혈구가 감소하여 혈색소량이 여자는 12g(75%)이하, 남자는13g(80%) 이하로 떨어진 경우를 뜻한다. 급성, 혹은 만성으로 출혈이 생겨 나타나거나, 식이섭취 부족, 흡수장애로 인해 나타난다.

증상 어지러움증, 만성피로, 소화불량, 호흡곤란, 저혈압, 두통, 집중력 저하, 월경불순, 발열 등.

예방 및 조치 철분제와 비타민 B12, 엽산 등의 보충과 함께 운동요법과 식이요법을 병행하는 방법이 있다.

도움이 되는 요가 아사나

어깨로 물구나무선 후 한 발 내리기 자세(Eka Pada Sarvangasana)

❶ 팔을 양옆구리에 붙이고 하늘을 보고 눕는다.

❷ 숨을 들이마셨다가 내쉬면서 두 무릎을 구부린다.

❸ 다시 숨을 들이마셨다가 내쉬면서 손으로 허리를 받치고 몸통이 수직이 되게 올린다.

❹ 숨을 들이마셨다가 내쉬면서 무릎을 편 상태로 오른쪽 다리를 머리 위 바닥에 내린다.

❺ 15초 유지(호흡은 자연스럽게).

❻ 천천히 숨을 들이마셨다가 내쉬면서 제자리로 돌아온다.

❼ 반대 방향도 같은 방법으로 행한다.

❽ 3회 반복.

허리 받친 아치 자세(Setu Bandha Sarvangasana)

❶ 팔을 양옆구리에 붙이고 하늘을 보고 눕는다.

❷ 숨을 들이마셨다가 내쉬면서 두 무릎을 구부린다.

❸ 다시 숨을 들이마셨다가 내쉬면서 손으로 허리를 받치고 몸통을
   수직이 되게 들어 올린다.

❹ 숨을 들이마셨다가 내쉬면서 허리를 손으로 잘 받치고, 천천히 무
   릎을 구부리며 바닥 쪽으로 내린다.

❺ 15초 유지(호흡은 자연스럽게).

❻ 숨을 들이마셨다가 내쉬면서 천천히 제자리로 돌아온다.

❼ 3회 반복.

식이요법

철분, 비타민, 엽산이 많이 함유돼 있는 음식인 육류, 해조류(미역, 다시마 등), 과일(딸기, 사과, 포도 등), 어패류, 콩, 녹색 채소, 달걀노른자, 꿀, 대추 등을 섭취한다.

변비

원인 대변이 장에 오래 머무르는 상태로, 잘못된 생활 습관으로 생기는 경우가 많다. 화장실에 가고 싶은 것을 참는 것과 아침식사를 거르는 것, 섬유질 섭취가 모자랄 경우에 생긴다. 만성변비는 당뇨병이나 대장암 등으로 인해 생길 수도 있으며, 장기능이 저하되어 생기는 경우도 있다.

증상 소화가 잘 안 되고, 대변이 딱딱하게 굳어 배변이 힘들어진다.

예방 및 조치 장의 연동 운동을 도와주는 운동과 식이요법을 해야 한다. 또한 변비가 오랫동안 지속될 때에는 변비약을 복용하는 것보다는 전문의의 도움을 받는 것이 중요하다.

도움이 되는 요가 아사나

누워서 허리 비틀기 자세(Jathara Parivartanasana)

❶ 어깨와 일직선으로 양팔을 벌리고 하늘을 보고 눕는다.

❷ 숨을 들이마셨다가 내쉬면서 두 다리를 바닥에서 수직이 될 때까지 들어 올린다.

❸ 다시 숨을 들이마셨다가 내쉬면서 두 다리를 오른쪽으로 내린다.

❹ 15초 유지(호흡은 빠르게).

❺ 숨을 다시 들이마셨다가 내쉬면서 천천히 제자리로 돌아온다.

❻ 반대 방향도 같은 방법으로 반복한다.

❼ 3회 반복.

요가 무드라(Yoga Mudra)

❶ 무릎을 꿇고 앉는다.

❷ 엄지를 안으로 넣고 주먹을 쥔다.

❸ 손등이 양허벅지에 닿도록 놓고 새끼손가
   락이 아랫배에 닿도록 한다.

❹ 숨을 들이마셨다가 내쉬면서 등을 편 상태
   로 아랫배부터 상체를 숙인다.

❺ 이마가 바닥에 닿을 때까지 숙이고, 팔꿈치
   에 힘을 빼고 편한 자세를 유지한다.

❻ 아랫배가 불룩불룩하도록 숨을 천천히 들이마시고 내쉬면서 주먹
   으로 아랫배를 자극한다.

❼ 3~5분 유지.

❽ 다시 숨을 들이마셨다가 내쉬면서 제자리로 돌아온다.

다니엘 건강관리법

식이요법

· 금하는 음식: 인스턴트식품, 패스트푸드, 버터, 크림, 튀김, 마요
네즈, 자극 강한 조미료, 향신료 등.

· 권하는 음식: 현미, 보리, 보리빵, 콩나물, 고사리, 감자, 고구마,
토란, 미역, 다시마, 김, 사과, 파인애플, 배, 포도, 우유, 요구르트,
치즈, 호두, 잣, 밤, 토마토 주스, 오렌지 주스 등.

5. 불면증

원인 잠을 자는 시간은 우리의 에너지를 보충하는 중요한 시간이다. 또한 성장기 청소년들에게 필요한 성장호르몬이 많이 분비되는 시간이기도 하다. 이처럼 소중한 잠을 방해하는 불면증은 지구상 전체 인구의 약 30% 정도가 가지고 있는 흔한 증상 중 하나이다. 낮과 밤의 자연스런 생활리듬이 깨질 때(밤낮이 바뀔 때) 가장 먼저 나타나는 증상으로 잠을 자기 힘든 상태가 지속된다. 또한 이는 신체적, 정신적 질환에 대한 반응으로 천식, 각종 통증, 심한 기침, 우울증 때문에 나타나기도 한다.

증상 쉽게 잠들지 못하는 경우, 깊은 수면을 하지 못하는 경우, 일찍 깨서 다시 잠들지 못하는 경우, 우울증, 긴장감, 불안감 등을 동반한다.

예방 및 조치 수면 습관을 고치고 깊은 잠을 잘 수 있도록 규칙적인 생활을 하며 낮잠을 금하고, 잠자리에는 잘 때만 눕고, 잠을 자려 할 때는 다른 생각은 하지 않도록 한다.

도움이 되는 체조

다리로 원 그리기

❶ 허리를 편 자세에서 허리에 손을 고
　바르게 선다.

❷ 오른쪽 다리를 앞으로 들어서 발
　끝으로 크게 원을 그린다.

❸ 15회 반복.

❹ 천천히 오른쪽 다리를 내리고 반
　대쪽도 같은 방법으로 한다.

❺ 15회 반복.

다니엘 건강관리법

발끝 쭉 펴기 & 발끝 아래로 꺾기

❶ 바르게 하늘을 보고 눕는다.

❷ 천천히 오른쪽 다리를 직각이 되게 든다.

❸ 발끝을 쭉 편 상태로 15초 유지.

❹ 발끝을 아래로 발목을 몸 쪽으로 꺾어서 15초 유지.

❺ 반대쪽도 같은 방법으로 실행.

강도가 세지 않은 규칙적인 유산소 운동

빠르게 걷기 20분, 가볍게 줄넘기하기 100~150번(운동 강도가 셀 경우 오히려 호르몬이 증가하여 흥분 상태가 되므로 좋지 않음).

식이요법

· 신경계의 흥분을 유발시키는 음식: 커피, 콜라, 차, 초콜릿, 담배, 술 등.

· 몸을 따뜻하게 하여 신경계를 안정시키는 음식: 따뜻한 우유 한 잔, 간단한 자연식품 간식 - 고구마, 감자, 밤 등.

6. 감기

원인 여러 바이러스와 세균에 의한 감염, 추위, 먼지의 자극, 코나 기관지 점막의 알레르기 반응, 체온의 불균형 등.

증상 콧물, 재채기, 기침, 가래, 발열, 목 아픔, 두통, 편도선의 부음, 허리의 통증, 관절통, 근육통, 설사, 복통, 구토 등.

예방 및 조치 항히스타민제와 해열제를 복용해도 좋으나 약 자체가 치료해 주는 것은 아니다. 스트레스와 지나친 수면 부족을 피하고, 적절한 습도(40~60%)와 쾌적한 환경을 유지하는 것이 중요하다. 자주 손을 씻어주어 병균의 감염 경로를 막고, 양치질이나 가글을 하루에 3번 이상 자주 한다. 사람이 많은 곳은 되도록 피하고, 창문을 열어 통풍을 해 주는 것이 좋다. 목이 붓거나 콧물, 기침의 증상을 보이는 편도선염, 인두염, 비염 등의 증세가 있다면 이비인후과를, 가슴이 답답하고 가래가 나오는 기관지염, 폐렴의 증상엔 내과를 찾는 것이 좋다.

도움이 되는 요가 아사나(무리한 운동은 하지 않는다)

앉아서 상체 숙이기(Paschimottanasana)

❶ 다리를 쭉 뻗고 앉는다.

❷ 시선은 위를 향한 채 손가락으로 발가락 끝을 잡는다.

❸ 숨을 들이마셨다가 내쉬면서 허리와 등을 편 상태로 천천히 아랫배부터 상체를 숙인다.

❹ 상체를 전부 숙인 후 턱을 가슴 쪽에 붙인다.

❺ 15초 유지(호흡은 자연스럽게).

❻ 천천히 시선은 위를 보면서 머리부터 들어 올리며 제자리로 돌아온다.

❼ 3회 반복.

변형된 상체 숙이기 자세(Uttanasana)

❶ 양발은 모으고 허리는 곧게 편 채 바로 선다.

❷ 숨을 들이마셨다가 내쉬면서 등과 허리를 편 상태로 몸을 앞으로 구부려 발 옆 바닥에 손바닥을 댄다.

❸ 무릎에 힘을 주어 구부러지지 않게 유지한다.

❹ 15초 유지(호흡은 자연스럽게).

❺ 다시 숨을 들이마셨다가 내쉬면서 천천히 제자리로 돌아온다.

식이요법

· 권하는 음식

－ 충분한 수분 섭취: 활발한 순환계의 활동으로 병균을 배출시키기 위해서 필요하다.

－ 녹황색 채소나 과일: 스트레스 감소를 위해 비타민 C가 풍부한 배, 감, 귤, 오렌지, 마늘, 생강, 쑥갓 등을 섭취하는 것이 좋다.

7. 눈의 피로

원인 책, 텔레비전, 컴퓨터 모니터, 스크린 등을 오랫동안 보았을 때, 수면 부족이나 눈의 피로를 가져온다.

증상 눈의 충혈, 눈꺼풀의 무거움, 따끔거림 등.

예방 및 조치 눈의 안정을 위해 적절한 수면을 취하고, 눈을 지그시 감고 휴식을 취해 준다.

도움이 되는 눈 운동

눈동자 위아래로 움직이기

❶ 눈을 10초간 감았다가 뜬다.

❷ 한쪽 엄지손가락을 세우고 눈 정면
앞으로 팔을 내민다.

❸ 엄지손가락을 12시 방향으로 올리
면서 5초간 손가락을 응시한다.

❹ 손가락을 천천히 6시 방향으로 내리면서
5초간 손가락을 응시한다.

❺ 10회 반복.

눈동자 좌우로 움직이기

❶ 눈을 10초간 감았다가 뜬다.

❷ 한쪽 엄지손가락을 세우고 눈 정면 앞으로 팔을 내민다.

❸ 엄지손가락을 3시 방향으로 움직이면서 5초간 손가락을 응시한다.

❹ 손가락을 천천히 9시 방향으로 움직이면서 5초간 손가락을 응시한다.

❺ 10회 반복.

눈동자 원 그리기

❶ 눈을 10초간 감았다가 뜬다.

❷ 한쪽 엄지손가락을 세우고 눈 정면 앞으로 팔을 내민다.

❸ 엄지손가락을 12시, 3시, 6시, 9시, 12시 방향으로 움직이면서 5초
씩 손가락을 응시한다.

❹ 반대 방향으로 움직이면서 5초씩 손가락을 응시한다.

❺ 5회 반복.

다니엘 건강관리법

눈 마사지

❶ 두 손바닥을 서로 맞대고 빠르고 세게 손바닥이 뜨거워질 때까지 문지른다.

❷ 눈을 감고 뜨거워진 손바닥을 눈꺼풀 위에 가만히 댄다.

❸ 20초 유지, 5회 반복.

식이요법

비타민 A, B, C, D, E와 단백질을 충분히 섭취한다.

· 금하는 음식: 인스턴트식품, 탄산음료, 커피, 술, 사탕, 케이크, 아이스크림 등.

· 권하는 음식: 딸기, 당근, 시금치, 우유, 호박, 달걀, 해조류 등.

8. 불안감, 우울증

원인 막연한 우울함과 부정적인 생각(예: 나는 못한다. 그건 아니다)으로 인해 작용하는 심리적 문제로 걱정, 위험, 자책감, 미래에 대한 불안감 등에서 비롯된다.

증상 식은땀, 몸의 떨림, 발열, 입의 마름 등.

예방 및 조치 부담되는 일이나 절대 불가능한 목표 설정은 하지 않도록 하며, 혼자 지내는 것보다 다른 사람들과 어울리도록 한다. 또한 운동이나 취미 생활로 활동적으로 지내야 하며, 잠이 오지 않으면 산책을 하거나 다른 일에 신경을 쓰고, 즐거운 생각을 가져야 한다. 마음이 즐거워지는 음악을 듣는 것도 좋다.

도움이 되는 요가 아사나

요니 무드라(Yoni Mudra)

❶ 양다리를 책상다리를 하고 허리를 곧게 펴고 앉는다.

❷ 양손으로 눈을 지그시 누르되 엄지는 귓구멍에, 검지와 중지는 눈
꺼풀에, 약지는 양콧구멍 옆에, 새끼손가락은 윗입술에 살며시 갖
다 댄다.

❸ 이때 팔꿈치는 어깨 높이까지 들어야 한다.

❹ 호흡에 귀를 기울이며 자연스러운 호흡으로 가능한 한 그 상태를
오래 유지한다.

송장 자세(Savasana)

❶ 위를 보고 똑 바로 눕는다.

❷ 양발은 손바닥 한 뼘 정도의 간격으로 벌리고 발가락은 바깥쪽을 향하게 한다.

❸ 손바닥은 하늘을 보고 팔꿈치를 바로 펴서 허벅지에서 약간 떨어진 곳에 놓는다.

❹ 긴장을 풀고 호흡에 귀를 기울이며 자연스러운 호흡으로 가능한 한 그 상태를 오래 유지한다.

9. 성장부진

원인 연령에 따른 평균키보다 키가 잘 자라지 않는 경우를 성장부진이라 한다. 이는 선천적, 유전적인 문제로 뼈가 잘못됐거나 임신 당시 엄마의 건강 상태가 안 좋았거나 흡연, 음주를 했을 때 나타난다. 후천적 요인으로는 운동 부족, 영양 부족, 정서적 불안감, 수면 부족, 편식 등이 있다.

증상 또래보다 키가 작거나, 식욕부진, 설사, 소화불량, 잦은 호흡기 질환 등이 나타난다.

유전적 요인으로만 본 최종키의 추정

　　남자 아이 = (부모키의 평균 + 6.5) ± 5cm

　　여자 아이 = (부모키의 평균 − 6.5) ± 5cm

예방 및 조치 뼈의 끝에 있는 성장판을 자극하여 뼈의 성장을 촉진시키는 운동 방법이 있다. 그리고 성장호르몬이 분비되는 시간인 밤 10시~새벽 2시에는 꼭 취침을 하도록 권장한다. 또한 심리적인 안정감을 갖도록 하고, 영양소를 골고루 섭취한다.

도움이 되는 운동

줄넘기, 요가, 수영, 조깅, 스트레칭, 제자리 팔벌려뛰기, 사이드 스텝, 자전거 타기 등 성장판에 적당한 자극을 주는 운동.

금해야 할 운동

역도, 유도, 고강도 웨이트 트레이닝, 무거운 아령 들기 등 뼈에 심한 자극을 주는 운동.

도움이 되는 성장 체조

어깨, 목, 허리, 무릎의 관절 돌리기
❶ 어깨 → 목 → 허리 → 무릎의 순서대로 관절 돌리기.
❷ 천천히 크게 좌우 각각 10회씩.

누워서 자전거 타기

❶ 위를 보고 바로 눕는다.

❷ 무릎을 구부려 다리를 직각으로 올린다.

❸ 다리를 한쪽씩 번갈아 가며 자전거를 타듯 천천히 돌린다.

❹ 50번씩 3~5회까지 실행.

무릎 구부렸다 기지개 펴기

❶ 위를 보고 바로 눕는다.

❷ 양손은 깍지를 끼고 무릎을 가슴 쪽으로 끌어당긴다.

❸ 15초 유지(호흡은 자연스럽게).

❹ 깍지를 낀 상태에서 손을 머리 위로 쭉 올리고 다리는 발 아래로 펴
면서 기지개를 편다.

❺ 15초 유지(호흡은 자연스럽게).

❻ 3회 반복.

10. 설사

원인 음식물을 통한 병원균의 유입, 독성이 되는 음식 섭취, 그 외의 기생충, 바이러스의 작용, 소화기능의 저하 등이 원인이다. 또한 환경적 원인으로는 찬 환경에서 자거나 과식을 한 후 곧바로 잠을 자는 것 등이 있다.

증상 나쁜 균들을 빨리 내보내기 위해 신체에서 반응하는 작용으로 장의 연동운동이 빨라짐으로써 수 시간에 걸쳐 소화되어야 할 음식들이 1∼2시간 만에 수분이 많은 상태로 배출되는 증상이다.

예방 및 조치 약을 복용하게 되면 몸의 자체적인 면역 세포가 약해지기 때문에 조금 참고 천천히 가라앉기를 기다리는 것이 좋다. 몸을 따뜻하게 하고 마음을 안정시키고 스트레스를 줄이는 것 또한 중요하다.

도움이 되는 요가 아사나

어깨 물구나무서기 자세 (Salamba Sarvangasana)

❶ 팔을 양옆구리에 붙이고 하늘을 보고 눕는다.

❷ 숨을 들이마셨다가 내쉬면서 양무릎을 구부린다.

❸ 다시 숨을 들이마셨다가 내쉬면서 손으로 허리
를 받치고 몸통을 수직이 되게 올린다.

❹ 15초 유지(호흡은 자연스럽게).

❺ 숨을 다시 들이마셨다가 내쉬면서 천천히
제자리로 돌아온다.

❻ 3회 반복.

개 자세(Adho Mukha Svanasana)

❶ 기어가는 자세에서 양 무릎은 붙이고 양발은
어깨 너비로 벌린다.

❷ 숨을 들이마셨다가 내쉬면서 상체를
들어 올린다.

❸ 팔과 다리를 쭉 펴고,
발바닥과 머리를 바
닥에 닿게 한다.

❹ 15초 유지(호흡은 자연스럽게).

❺ 숨을 다시 들이마셨다가 내쉬면서 천천히 제자리로 돌아온다.

❻ 3회 반복.

식이요법

자극성이 없는 음식을 아주 천천히 꼭꼭 씹어서 먹는다. 평소 섬유질
이 많은 신선한 야채와 과일을 먹는다. 수분 섭취는 충분히 하며, 편안한
환경에서 규칙적인 식사를 해야 한다. 한두 끼 정도 절식하는 것도 좋은
방법이다.

11. 비만

원인 신체 활동으로 소비되는 칼로리보다 음식으로 섭취하는 칼로리가 높아서 남은 칼로리가 신체 내에 지방의 형태로 쌓여 지방량이 정상 범위를 넘은 것을 말한다.

이는 부모가 비만일 경우인 유전적 요인, 운동 부족과 잘못된 식습관으로 인한 환경적 요인, 스트레스에 의한 심리적 요인으로 나뉘지며, 그 외에 약물로 인한 부작용이나 갑상선 기능의 저하로도 나타날 수 있다.

비만은 체질량지수(Body Mass Index: BMI)를 통해 그 정도가 측정 가능하다.

체질량지수(BMI) = 체중(kg)/신장(m)^2

체질량지수에 따른 비만기준

BMI	판정
18.5 미만	저체중
18.5~22.9	정상
23.0~24.9	과체중
25.0 이상	비만

증상 비만에 따른 합병증으로는 당뇨병, 고혈압, 심근경색, 동맥경화, 퇴행성 관절염이 있으며 비만에 의한 스트레스로 거식증과 폭식증이 나타날 수 있다.

예방 및 조치 가장 중요한 것은 잘못된 식습관(불규칙한 식사, 과다한 섭취 등)을 바꾸는 것이다. 또한 식사량을 줄이고 활동량과 운동량을 늘리는 방법은 체중 감소에 반드시 필요하다. 식이요법과 운동요법으로도 효과가 없을 시에는 전문 한방 비만 클리닉에서 도움을 받는 것도 좋은 방법이다. 성장기 비만은 지방세포의 수가 많아지기 때문에 지방세포의 크기가 커지는 성인 비만보다 훨씬 더 위험하다. 따라서 성인이 된 후 지방을 줄여야겠다는 안일한 생각은 버려야 한다. 성장기 때 이미 지방세포의 수가 많아지면 성인기는 지방세포의 크기만을 줄일 수 있을 뿐, 근본 원인인 지방세포의 수를 감소시키는 것은 힘들기 때문이다.

도움이 되는 운동

수영, 줄넘기, 빨리 걷기, 헬스 사이클 타기 등을 일주일에 3회 이상, 1시간 정도 하는 것이 좋다. 강도는 최대심박수의 50~70% 수준으로 한다.

최대심박수 = 220 − 나이

예를 들어 15살의 최대심박수의 50~70% 강도는
220−15(나이) = 205(최대심박수)
205(최대심박수)×0.5(강도) = 102.5
205(최대심박수)×0.7(강도) = 143.5

그러므로 최대심박수의 50~70% 강도의 심박수는 1분당 102.5~143.5회이다.

1분 동안 심박수가 102.5~143.5회 사이에 있는 강도가 적당하다.

심박수 측정은 15초간 손목에서 측정할 수 있는 방사동맥의 맥박수를 측정하여 ×4를 하여 계산한다.

도움이 되는 요가 아사나

바로 누워 다리 들기(Urdhva Prasarita Padasana)

❶ 위를 보고 바르게 누운 후 양손을 머리 위로 쭉 뻗어 놓는다.

❷ 숨을 들이마셨다가 내쉬면서 다리를 천천히 직각으로 올린다.

❸ 30초 유지(호흡은 자연스럽게).

❹ 다시 숨을 들이마셨다가 내쉬면서 다리를 천천히 내린다.

❺ 3~5회 반복.

보트 자세 (Ardha Navasana)

❶ 바닥에 다리를 쭉 편 상태로 앉는다.

❷ 두 손을 깍지를 낀 상태로 목 뒷부분에 댄다.

❸ 숨을 들이마셨다가 내쉬면서 두 다리를 천천히 30° 든다.

❹ 15초간 유지(호흡은 자연스럽게).

❺ 다시 숨을 들이마셨다가 내쉬면서 다리를 천천히 내린다.

❻ 3~5회 반복.

식이요법

섭취한 칼로리가 소비 칼로리보다 많기 때문에 비만이 되는 고로, 식사는 위장의 건강을 위해 세 끼를 꼬박 먹되 그 양을 줄인다. 쌀과 밀가루 음식이 주인 탄수화물의 섭취를 줄이고, 튀김 등 지방이 많은 음식도 피해야 한다. 대신 단백질, 무기질, 비타민이 많은 쇠고기, 닭고기, 야채, 과일류, 해조류를 섭취한다.

배가 고플 때에는 녹차나 생수로 배고픔을 달래 보고, 그래도 먹고 싶을 때에는 적은 양만 먹는 것이 좋다. 음식을 심하게 자제하는 것은 스트레스가 되어 거식증을 유발할 수 있으므로 너무 참는 것은 좋지 않다.

음식을 적절하게 섭취함으로써 활동하기에 적정한 상태를 유지한다. 몸의 전체적인 순환을 위해서는 하루에 8잔 이상 마셔야 한다. 물은 칼로리가 없으므로 안심하고 마셔도 좋으며 오히려 다이어트에 좋은 효과를 가져온다.

12. 소아당뇨병

원인 유전적 요인으로 인한 인슐린의 절대적 결핍으로 일어난다. 평생 인슐린 주사를 투여해야 한다. 급성의 형태가 많고, 남아보다 여아에게 발생 빈도가 높다.

증상 물을 많이 마시게 되고, 밤에 소변을 자주 본다. 항상 힘이 없고 피로가 쌓여 있다. 음식을 많이 먹으나 체중은 오히려 감소한다.

예방 및 조치 인슐린 피하 주사를 계속 맞아야 하며, 규칙적인 생활과 정상적인 발육을 위한 식이조절과 꾸준한 운동이 필요하다.

도움이 되는 운동

빠르게 걷기, 자전거 타기, 수영, 체조, 가벼운 등산 등이 좋다. 운동 강도는 최대심박수의 50~80%가 적당하다.

운동 전후에는 수분 섭취를 충분히 한다. 운동 중 손발이 떨리고 어지러울 경우 저혈당 상태이므로 초콜릿이나 사탕 등을 복용한다.

도움이 되는 요가 아사나

메뚜기 자세(Salabhasana)

❶ 엎드린 상태로 바로 눕는다.

❷ 숨을 들이마셨다가 내쉬면서 팔을 뒤로 쭉 뻗고, 동시에 두 다리는 최대한 높이 올린다.

❸ 15초 유지(호흡은 자연스럽게).

❹ 다시 숨을 들이마셨다가 내쉬면서 천천히 제자리로 돌아온다.

❺ 3회 반복.

식이요법

칼로리가 높은 음식을 피하고 골고루 알맞게 먹도록 한다. 과식을 하지 말고 채소류와 곡류, 섬유질이 많은 음식들을 섭취한다.

패스트푸드, 밀가루 음식, 맵고 짠 음식은 피하도록 한다.

13. 일차 생리통

원인 생리를 하는 여성의 50%가 겪는 통증이며 아무런 소견 없이 생리통이 있는 경우를 일차 생리통이라 한다. 이는 초경이 있고 난 후 1~2년 이내에 나타나며 연령층은 청소년에서 어른까지 다양하다.

증상 생리 시작 하루 전에 나타나서 생리 후 2~3일간 지속된다. 통증은 아랫배와 허벅지, 허리까지 나타날 수 있다.

예방 및 조치 더운 물주머니로 배를 따뜻하게 해 주거나, 복부 마사지로 자궁 안의 어혈 제거를 도와준다. 충분한 휴식과 수면으로 마음의 안정을 찾으며, 심호흡, 명상, 편안한 음악 등의 도움을 받는다.

도움이 되는 요가 아사나

아기 자세(Balasana)

❶ 무릎을 구부리고 앉는다.

❷ 팔을 무릎 앞으로 뻗으면서 상체를 앞으로 숙인다.

❸ 엉덩이는 발뒤꿈치에 닿도록 한다.

❹ 15초~1분 유지(호흡은 자연스럽게).

나비 자세(Baddha Konasana)

❶ 발을 앞으로 펴고 바닥에 앉는다.

❷ 한 다리씩 무릎을 구부려 양발바닥이 마주 닿도록 한다.

❸ 양손을 깍지 낀 상태로 발등을 감싼다.

❹ 시선은 위를 향한 채 숨을 들이마셨다가 내쉬면서 천천히 아랫배부터 가슴, 머리의 순으로 상체를 내린다.

❺ 20초 유지(호흡은 자연스럽게).

❻ 3~5회 반복.

14. 거식증

원인 마른 신체에 대한 집착으로 음식 섭취를 거부한다. 살이 찔 것과 남의 시선을 두려워하여 단식이나 절식, 지나친 운동 등을 하는 경우가 많다. 이뇨제나 변비약, 다이어트 식품 등을 습관적으로 복용하고, 음식 섭취 후에 강제로 구토를 하는 경우도 있다.

증상 얼굴이 창백하고 현기증을 일으킨다. 또한 체온과 맥박수가 감소하며, 여성의 경우 월경이 불규칙해진다. 쉽게 피로감을 느끼며, 기분의 변화가 심하고, 인간관계를 피하려 한다.

예방 및 조치 소화 부담을 줄이는 음식을 선택하고 양은 조금씩 늘려서 하루에 여러 번(5~6회)의 식사를 권장한다. 다양한 음식을 섭취하고 커피, 다이어트 식품, 설사제 등의 섭취를 금하여야 한다.

15. 폭식증

원인 거식증과 마찬가지로 날씬한 몸매를 원하는 사람들에게 나타나는 식사 장애 증상으로 걷잡을 수 없이 많은 양의 음식을 갑자기 섭취하는 것이다.

증상 음식을 먹는 순간 통제력을 잃기 때문에 빠른 시간 내에 많은 양을 먹는다. 갑자기 늘어난 위로 인해 배가 아프며 강제적으로 구토를 하므로 식도와 위가 많이 상하게 된다. 또한 이뇨제나 설사제를 복용함으로써 신장 질환의 우려도 있다.

예방 및 조치 거식증과 마찬가지로 자신의 몸이 잘못됐다는 의식을 가지고 본인 스스로가 고치려는 마음가짐을 갖는 것이 가장 중요하다. 심리적 갈등에 대한 심리 치료를 받는 것도 중요하다. 심리 치료와 더불어 약물 치료를 병행하는 것도 좋은 방법이다.

체중에 얽매이지 말고 규칙적인 식사를 조금씩 하면서 신체가 적응하도록 장기간 노력하면 고칠 수 있다.

16. 여드름

원인 사춘기 때 체내 호르몬의 분비 변화로 인해 과잉 분비된 피부 지방이 제대로 배출되지 못하여 생기는 피부 질환이다. 이것은 피부로 나타나는 염증이라고 할 수 있다. 유전적인 요인도 있고, 기름기나 당분이 많은 음식 때문에 유발될 수도 있으며, 소화기 질환으로 인해 나타나는 경우도 있다. 또한 화장품과 비누의 트러블, 스테로이드제, 스트레스 때문에, 혹은 햇빛이 강하고 습한 환경에서도 생길 수 있으므로 먼저 원인을 제대로 파악하고 치료하는 것이 중요하다.

증상 딱딱하고 붉은 여드름, 노란 고름이 잡힌 여드름, 주위가 붉고 크기가 큰 여드름 등.

예방 및 조치 따뜻한 물수건으로 모공을 넓힌 후 소독을 한 기구로 짜야 하며, 그 후 여드름 연고를 발라야 한다. 여드름 피부용 비누를 사용하여 하루에 2번 정도 세안하는 것이 좋으며, 지나치게 자주 세안하는 것은 오히려 여드름을 악화시킬 수 있다. 또한 적당한 수면과 함께 스트레스를 줄이도록 노력한다.

식이요법

· 금하는 음식: 패스트푸드, 새우, 게, 술, 라면, 커피, 크림, 당분, 초콜릿, 버터, 치즈, 돼지고기, 햄, 향신료, 기름진 음식 등.

· 권하는 음식: 싱싱한 과일, 야채, 해조류, 플레인 요구르트, 생선, 등.

17. 알레르기성 비염

원인 코 안의 점막에 꽃가루나 집 안의 먼지, 진드기, 애완동물의 털, 담배 연기 등의 이물질이 과도한 면역반응을 일으켜 발작적인 재채기와 콧물, 가려움증, 코막힘 등이 나타난다. 또한 유전적인 요인도 크며, 대기오염 등의 환경적 요인과 스트레스로 인해 신체의 항상성을 잃으면서 나타나는 경우도 많다.

초·중·고생의 30% 정도가 알레르기성 비염을 앓고 있고, 청소년기의 남학생에게 가장 많이 나타난다. 비염이 오랫동안 지속되면 심폐 기능이 약화되기도 한다.

증상 평상시에 좌우측 콧구멍이 번갈아 막히거나, 코막힘이 낮보다 밤에 더 심하고, 옆으로 누우면 누운 쪽의 코가 막히는 경우가 있다. 이 경우는 체위 변화에 따른 반응 현상이지만 다른 질환을 동반했을 때 코막힘이 더 심해질 수 있으므로 진찰을 받는 것이 좋다. 또한 감기에 걸렸을 때 빨리 감기를 치료하는 것이 비염 예방에 효과적이다.

예방 및 조치 코가 건조해지면 코 점막의 기능이 떨어지기 때문에 습도를 50～60%로 유지해야 한다. 또한 알레르기성 비염의 70～80%는 집 안에 숨어 있는 진드기로 인해 나타나므로 청결이 중요하다. 특히 습도와 온도가 높은 여름철에 많이 발생하기 때문에 이불, 베개, 카펫, 소파, 커튼 등의 청결을 항상 유지해야 한다.

아직까지는 완치하기 어려운 질환이다. 여러 가지 약물이나 수술요법은 있으나 의사의 처방 아래 약물을 사용하여 그때그때 증상을 가라앉히는 수밖에 없다.

식이요법

인스턴트식품, 화학조미료, 단 음식 등을 피하고 편식 등의 나쁜 식생활로 몸의 저항력을 떨어뜨리지 않도록 한다.

18. 아토피 피부염

원인 아토피 피부염은 유전적, 환경적, 면역학적인 요인으로 나누어진다. 피부가 건조한 사람에게 많이 나타난다. 세균, 바이러스, 곰팡이 등에 의한 경우도 있으며, 정서적 불안이나 스트레스로 인해 가려움증이 심해질 수도 있다.

증상 주요 증상은 심한 가려움증, 피부 건조, 발진, 진물, 부스럼, 딱지 등으로 나타난다. 이 중 가장 심한 증상은 참을 수 없는 가려움증으로 주의가 산만해지고 학습에 지장을 주어 성적 저하 등의 원인이 될 수 있다. 그리고 다른 친구들의 놀림으로 인해 정서적 상처를 받거나 피해의식이 생길 수 있다. 또 얕은 잠을 자게 되어 체력과 정신력이 약해지는 경우도 있다. 보통 팔과 다리의 접히는 부위, 이마와 눈 주위, 목 등에 나타나며, 심해지는 경우 농가진, 피부 감염, 사마귀, 물사마귀, 기타 바이러스 감염,

중증 피부염 등 여러 가지 후유증이 발생할 수 있다.

예방 및 조치 근본적으로 완치되는 치료법은 없지만 나이가 들수록 점점 줄어드는 질환이다. 되도록 아토피 피부염을 일으키는 유발 인자는 피하고, 일반 요법과 의사 처방에 의한 약물 요법으로 대처하는 것이 좋다.

일반 요법은 다음과 같다. 우선 피부의 건조를 막아 주며, 꽉 끼는 옷을 피하여 항상 공기가 통하도록 한다. 히스타민 억제 작용이 있는 비타민 C 복용으로 가려움증을 예방한다. 여름철에는 땀이 나면 바로 씻고, 집먼지나 진드기 등의 환경적 유발 인자는 없앤다. 실내 온도는 $20^{\circ}C$, 습도는 $50 \sim 60\%$를 유지하도록 한다. 또한 정서적 불안은 증상을 악화시키므로 부드럽고 편한 분위기를 조성한다.

식이요법

자신의 아토피 증상에 영향을 미치는 음식을 지속적인 관찰로 알아 내 피하도록 한다. 인스턴트식품, 패스트푸드는 반드시 금해야 한다. 잡곡밥, 야채, 해조류 등을 섭취한다.

바른 자세와 척추 질환

요통은 통계적으로 전 세계 인구의 80%가 일생에 한 번씩은 겪는 증상이다. 인간은 직립보행을 하기 때문에 상체의 무게가 허리에 실리게 된다. 또한 한쪽 손과 발을 자주 쓰는 습관으로 몸을 지탱하는 척추는 휘어지게 마련이다. 바른 자세는 건강을 유지하기 위한 중요한 습관이다. 잘못된 자세로 척추가 틀어지면 이에 따른 증상이 너무나 많다.

흔히 '디스크' 라 말하는 '추간판 탈출증' 은 척추의 뼈와 뼈 사이에 있는 추간판이 반복되는 작은 외상으로 인해 균형이 깨져서 신경근을 압박하여 통증을 동반한다. 예전에는 30~40대의 남성에게 나타났으나 요즘은 고등학생에게도 나타나 요통을 호소하는 어린 환자들이 많다. 또한 성장기 청소년들에게 가장 많이 나타나는 '척추 측만증' 은 일상생활에서 잘못된 자세를 취함으로써 등과 허리의 척추가 역S자 혹은 C자로 휘는 증상을 말하며, 그 만곡이 5° 이상일 때 비정상이라고 간주한다. 보통

10세 전후에 시작되어 성장기가 끝날 때까지 척추의 변형은 계속되며, 특히 여학생들에게서 많이 나타난다. 다음의 자가 진단 방법으로 척추측만증을 알아볼 수 있다.

1) 양어깨 중 한쪽 어깨가 올라가 있다.
2) 등의 날갯죽지뼈 한쪽이 더 튀어나와 있다.
3) 상체를 숙였을 때 등 한쪽이 더 튀어나와 있다.
4) 양쪽 귀 높이가 다르다.
5) 골반 한쪽이 더 올라가 있다.
6) 바지가 한쪽만 밟힌다.
7) 신발이 한쪽만 닳는다.
8) 책상에 오래 앉아 있을 때 허리가 아프다.
9) 알 수 없는 원인으로 심폐 기능이 안 좋거나, 소화가 잘 안된다.

퇴행성 디스크 질환 환자: 김동환(필자)

장시간 책상에 앉아서 비뚤어진 채로 같은 자세를 유지하면 점차적으로 추간판이 퇴행화되고 눌려서 신경근을 건드려 통증이 나타나는 증상이다. 항상 구부정하게 앉아 있는 습관과 고개를 숙이고 있는 잘못된 습관으로 척추가 휘어진 상태이다. 성장기가 끝나기 전 치료를 빨리 했으면 지금보다 훨씬 좋은 상태로 발전했을 것이다. 많은 공부량으로 인해 증상이 악화되어 상당 기간 꾸준한 치료를 요한다. 바른 자세를 유지하는 습관을 길러야 한다.

▌▊▎ 퇴행성 디스크 질환 환자: 조장혁 님(가명)

고 3이라는 중요한 시기에 퇴행성 디스크 질환으로 오전 수업을 빠지고 매주 월요일과 수요일 9시가 되면 항상 치료를 받으러 오는 학생이다. 나와 같은 증상으로 통증이 너무 심해 한 시간도 채 앉아 있기가 힘들 정도로 힘겨워하는 학생이다. 더욱이 비만으로 상체의 무게가 디스크를 더 압박해서 통증이 더욱 심하다. 시험을 볼 때에도 요통으로 인해 일어서서 시험을 볼 정도로 통증이 심하다. 진통제를 먹어야 겨우 통증을 가라앉히고 공부를 할 수 있는 상황이었으나 몇 개월간 받고 있는 꾸준한 치료와 습관 변화로 조금씩 나아지고 있다. 그나마 이 학생의 경우는 나에 비하여 조기 발견해 적절한 치료를 받고 있어 매우 다행이라고 볼 수 있다.

척추 측만증 환자: 박성진 님(가명)

한쪽으로 가방을 메는 습관과 한쪽으로 무거운 것을 드는 습관으로 등이 휘어지고 한쪽 어깨가 올라가는 증상을 보인다. 또한 인터넷을 오랜 시간 하면서 목을 앞으로 빼는 습관과 비뚤어진 한 자세로 마우스를 잡는 등의 이유로 척추 측만증과 축추 후만증(등이 굽는 현상)이 발병했다. 다행히 아직 성장기가 끝나지 않아 유연한 데다가 습관을 고침과 동시에 꾸준한 운동치료로 그 변화가 눈에 보일 정도로 상태가 좋아지고 있다.

척추 측만증이나 디스크 증상이 있을 시 척추 클리닉이나 신경통증 클리닉에서 X-ray나 MRI 검사 후, 전문적인 치료를 받는 것이 도움이 된다.

이런 증상들은 나이가 어릴수록 빠른 치료가 가능하다. 사랑하는 후배들이 내 경우처럼 치료 시기를 놓쳐 엄청난 대가를 치르지 않기를 간절히 바란다. 아무리 공부가 중요해도 병은 초기에 알았을 때 치료하는 것이 더 현명한 일이다.

이 글을 보는 청소년들은 행여나 선배의 어리석은 실수를 반복하지 않았으면 한다. 나는 대학 입시를 끝내고 치료를 하고자 병을 숨겼다. 그것이 결국 병을 키운 꼴이 되어 돌이킬 수 없는 엄청난 대가를 치르는 중이다. 나는 병을 조기 발견하여 적절한 치료와 공부를 병행하는 주혁이가 부럽다. 사랑하는 후배들이 이 책을 통해 나와 같은 고통을 겪지 않고 건강한 청소년 시절을 보내길 간절히 바란다.

※ 균형 있는 바른 자세

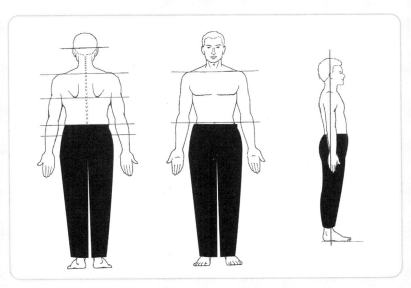

수능30일
건강관리법 ||||

5.

중요한 시기인 만큼 더 세심한 건강관리로 수능 당일 최고의 성과를 낼 수 있도록 하자. 여기서 제시한 대로 하면 100% 효과를 볼 수 있을 것이다.

1. 수면

수면 시간은 수능 보는 날 아침까지 규칙적으로 유지해야 한다. 어느 날은 밤 10시, 어느 날은 새벽 1시에 잠이 드는 불규칙한 습관은 아침 시간 또한 불규칙하게 만든다. 그러다 보면 하루 종일 몸의 생리적인 반응도 정상적으로 적응하지 못해 몸과 정신이 불안한 나날을 보내게 된다. 집중력이 떨어지는 것은 물론, 무엇인지 모를 불안감과 함께 하루 종일 피곤한 상태가 지속된다.

또 몸의 저항력이 약해져 중요한 시험을 앞두고 감기 등에 걸릴 수도 있으니 이 점에 유의하자.

앞서 말한 대로 수면 시간은 사람마다 차이는 있지만, 적정한 수면 시간으로 6~8시간을 권장한다. 이것을 기준으로 규칙적인 수면을 취하면 충분한 뇌의 휴식으로 일어났을 때 몸이 개운함을 느낄 수 있을 것이다.

밤 10시에서 새벽 2시 사이에는 두뇌의 피로 회복이 이루어지고 성장호르몬 같은 신체의 모든 호르몬이 왕성하게 활동하는 시간이다. 이 시간에는 꼭 잠이 들어야 호르몬의 좋은 작용들을 도울 수가 있다. 하루 중 몸의 건강을 위한 가장 중요한 휴식 시간이라 할 수 있는 것이다.

새벽 4시부터는 몸의 생체리듬을 깨우기에 좋은 시간이다. 먼저 폐의 활동을 시작으로 두뇌, 대장, 위장의 순으로 신체는 맑아지기 시작한다. 가장 먼저 일어나서는 폐의 활동을 위해 호흡법을 하는 것이 좋고 그 후 마음과 신경의 안정을 위해 명상법을 권장한다.

일어나서 머리가 맑아지기까지는 약 2시간이 걸리며, 가장 머리가 맑은 시간은 새벽 6시부터이다. 그래서 가장 공부하기 좋은 시간으로 알려져 있다. 음식의 소화 작용이 좋은 시간대는 7시~9시로 이 시간에는 아침식사를 꼭 챙겨 먹도록 하자.

무엇보다, 중요한 시험에 대한 부담감이 수면을 방해할 수도 있고 불규칙적인 수면을 하게 할 수도 있지만, 편안한 마음과 여유 있는 태도로 시험을 맞이하자. 지금 겪는 이 경험과 어려움은 훗날 더 큰 자신을 완성하는 소중한 밑거름이 될 것임을 믿고 담담하고 규칙적으로 하루하루를 맞이하자.

· **꼭 수면에 들어야 할 시간대**: 밤 10시~새벽 4시

식사관리

시험에 대한 부담과 지나친 긴장 때문에 식욕이 떨어지거나 소화가 잘 안 되는 경험을 할 수도 있다. 이런 경우 편안한 마음을 갖고 깊은 호흡과 명상으로 평안과 안정을 찾도록 하자.

다시 한 번 강조하지만, 하루 식사 중 가장 중요한 것은 아침식사이다. 아침식사의 중요성은 아무리 강조해도 지나치지 않다. 대부분의 청소년들은 아침시간 활용을 제대로 못해서 시간에 쫓겨 아침식사를 거르고 학교로 가는 경우가 허다하다.

아침식사를 챙겨 먹지 않으면, 신체의 움직임을 위한 에너지 공급이 늦어지기 때문에 신진대사가 활발하게 이뤄질 때까지는 많은 시간이 소요된다. 또한 뇌로 가는 공급원이 없기 때문에 그만큼 두뇌 활동이 정상으로 빠르게 회복되지 못한다. 또한 오랫동안 불규칙적인 식사를 할 경우 소화기관 장애가 생겨 소화불량, 장염 등의 질환이 발생할 수 있다.

아침, 점심, 저녁식사의 양은 아침 35%, 점심 40%, 저녁 25% 정도로 배분해야 한다. 그만큼 아침식사와 점심식사는 든든하게, 저녁식사는 간단하게 먹는 것을 권한다.

매 식사의 반찬은 생선, 육류, 콩류 등의 단백질 식품 1~2종류, 야채, 해초류, 버섯류 등의 식품 2~3종류 등을 먹음으로써 골고루 영양소 섭취를 해야 한다.

후식은 인스턴트식품보다는 밤, 고구마, 감자 등 자연식품으로 하고 간식은 우유나 요구르트, 비타민 C가 많은 과일(감귤류, 딸기, 키위)로 부족한 영양소를 보충해 주도록 한다.

자주 먹지 않던 음식을 갑자기 많이 먹거나 하면 위와 장에 부담을 줘서 몸의 생리적인 균형이 깨질 수도 있음에 유의하고, 식사 후에는 적절한 휴식을 취하도록 하자.

3. 몸에 활력을 주는 스트레칭

다른 무리한 운동보다 가벼운 스트레칭은 시험을 얼마 남겨 두고 있지 않은 수험생에게 좋은 운동방법이 되어 줄 것이다.

공부를 하다 보면 어느 순간 눈이 침침해지고 어깨가 무겁고 집중이 안 될 때가 있다. 이것은 몸이 피곤함을 알려 주는 신호로 신체의 혈액순환을 위해 잠시 책에서 눈을 떼고 간단히 스트레칭을 하자. 그래서 몸의 긴장을 풀어 주도록 하자.

상체의 혈액순환을 위한 스트레칭

❶ 허리와 등은 곧게 편다.

❷ 양손은 등 뒤로 깍지를 낀다.

❸ 머리를 뒤로 젖히면서 깍지 낀 손을 위로 올린다.

❹ 10초 유지, 3회 반복.

눈의 피로를 풀어 주는 마사지

❶ 두 손바닥을 서로 맞대고 빠르고 세게 손바닥이 뜨거워질 때까지 문지른다.

❷ 눈을 감고 뜨거워진 손바닥을 눈꺼풀 위에 가만히 댄다.

❸ 10초 유지, 3회 반복.

＊ 181쪽 참고

동작을 할 때는 호흡도 함께 하여 마음에 편안함을 전해 주도록 하자. 또 친구와 함께하면서 친구의 건강도 함께 챙겨 줄 수 있는 멋진 후배의 모습을 기대한다.

4. 집중력을 키우는 호흡법

아무래도 시험에 대한 중압감이 느껴지게 마련인 시간들일 것이다. 하지만 이것은 나 혼자만이 아닌 모두가 똑같이 겪는 것이고, 이것을 이겨 내는 것 자체도 즐겁고 기쁜 경험이 될 것임을 믿고 항상 밝은 마음을 갖도록 노력하자.

결국 좋은 결과가 나를 기다리고 있을 것임을 믿고, 호흡법으로 맑은 정신을 만들어 마무리에 집중해 나가자. 신체 내 혈액이 맑지 못하거나, 콜레스테롤과 중성지방, 포도당으로 인해 혈액의 흐름이 방해를 받게 되면 산소와 영양 공급이 원활하지 못하다. 몸의 전체적인 순환은 물론 뇌의 활동까지 막게 되어 두통과 함께 집중력이 현저하게 떨어질 수 있다.

앞에서 말했듯이, 뇌의 활성화를 도와주는 일산화질소는 한쪽 코로 숨을 깊게 들이마심으로써 뇌신경까지 자극을 준다. 적극적인 산소 공급으로 혈액이 원활하게 순환할 수 있도록 도와주며 이

산화탄소를 제거해 준다. 간단한 다음의 호흡법을 통해 뇌의 혈액순환을 돕고 집중력을 키우도록 하자. 하루에 두 번(아침·저녁식사 전) 이상 실시하면 큰 도움을 받을 수 있을 것이다.

오른쪽 콧구멍으로 숨 들이마시기

❶ 눈을 감고 허리를 편 상태로 편안하게 앉는다. 고개를 숙여 턱을 가슴 쪽으로 최대한 내려 몸에 붙인다.

❷ 오른손 검지와 중지는 구부리고, 엄지와 약지, 새끼손가락은 편다.

❸ 엄지손가락은 오른쪽 콧구멍 가까이, 약지와 새끼손가락은 왼쪽 콧구멍 가까이 가져간다.

❹ 약지와 새끼손가락으로 왼쪽 콧구멍을 막은 후, 오른쪽 콧구멍으로 천천히 깊게 들이마신다.

❺ 가슴과 어깨가 많이 벌어지도록 폐에 공기를 가득 채운다.

❻ 오른쪽 콧구멍을 막고 턱으로 가슴을 누르며 5초간 멈춘다.

❼ 서서히 왼쪽 콧구멍을 열면서 숨을 내쉰다.

❽ 호흡법은 코로만 행한다.

❾ 매번 들이마실 때는 오른쪽 콧구멍으로, 내쉴 때는 왼쪽 콧구멍으로 한다.

❿ 10~15회 반복 * 39쪽 참고

* 주의 , 심장 질환이나 고혈압이 있는 사람은 숨을 멈추는 것은 생략하고 실시한다.

5. 뇌에 좋은 음식

    음식은 균형 있게 섭취하는 게 중요하다. 아무리 좋은 것도 한꺼번에 많이 먹으면 탈이 나게 마련이고 그 효과도 기대할 수 없음을 명심하자. 적당히 조화롭게 잘 섭취하도록 하자. 다음의 음시들은 머리에 좋은 영향을 공급하는 것들이니 식단을 짜는 데 참고하시기 바란다. 힘든 시절을 이겨낼 힘을 키워 줄 것이다.

등푸른생선(고등어, 참치, 꽁치, 정어리, 연어 등): 뇌의 활동 활발.

견과류(땅콩, 호두, 잣, 아몬드 등): 기억력 감퇴 예방.

은행잎 추출액: 뇌의 혈액순환 촉진, 뇌신경 세포 활성화, 기억력 사고력 향상, 정서적 안정 효과.

꿀, 설탕: 뇌의 영양원.

달걀노른자: 뇌의 학습, 기억력 향상.

6. 충분한 수분 섭취

바쁘게 공부하다 보면 물 마시는 것조차 잊을 수도 있다. 옆에 적당한 크기의 물병을 휴대한다면 도움이 될 것이다.

물을 잘 먹는 것은 대단히 중요하다. 물을 잘 먹는 것만으로도 많은 병을 예방할 수 있고 수험생의 건강을 지킬 수도 있다.

우리 인체를 구성하는 요소 중 수분이 차지하는 비율은 60~85% 정도이다. 사람마다 차이는 있지만 이 중 1~2%만 빠져나가도 심한 갈증을 느낀다.

수분은 몸의 신진대사를 활발하게 하며, 혈액과 림프액을 조절해 체온 유지와 면역 기능을 돕는 중요한 역할을 하고 있다. 수분은 호흡과 땀, 소변 등으로 배출되기 때문에 이를 보충하기 위해 그만큼 더 섭취해 주어야 한다.

하루에 마셔야 하는 물의 권장 섭취량은 총 8잔 정도이며 마실 때는 아주 천천히, 조금씩 마시는 것이 좋다. 갑자기 많이 마시게 되면 위액이 묽어져 소화에 지장을 줄 수 있기 때문이다. 물도 꼭꼭 씹어 먹는다는 기분으로 잘 마시도록 한다.

7. 감기 예방

　중요한 시험을 앞두고 있는 친구들의 경계 대상 1호는 바로 감기이다. 감기에 걸리면 머리가 아프고 코가 막히면서 집중력을 떨어뜨려서 공부를 방해받게 된다. 일단 절대 걸리지 않겠다고 마음으로 다짐을 해 두자. 분명 그 다짐이 힘을 발휘해 줄 것이다.

　감기의 원인은 여러 바이러스와 세균에 의한 감염, 갑작스런 추위, 먼지의 자극, 코나 기관지 점막의 알레르기 반응, 체온의 불균형 등이 있다. 감기는 콧물, 재채기, 기침, 가래, 발열, 목 아픔, 두통, 편도선의 부음, 허리의 통증, 관절통, 근육통, 설사, 복통, 구토 등의 여러 증상이 나타난다.

　감기의 치료는 항히스타민제와 해열제를 복용해도 좋으나 약 자체가 치료를 해 주는 것은 아니다. 그러므로 스트레스와 수면 부족을 피하고, 적절한 습도(40~60%)와 쾌적한 환경을 유지하는 것이 중요하다.

손을 자주 씻어 세균 이동을 막고, 양치질이나 가글을 자주하여 청결을 유지하며, 사람이 많은 곳은 피하고 자주 창문을 열어 통풍을 하는 것이 좋다.

목이 붓거나 콧물, 기침의 증상인 편도선염, 인두염, 비염 등의 증세가 있을 때에는 이비인후과의 진료를 받는다. 가슴이 답답하고 가래가 나오는 증상의 기관지염이나 폐렴의 증세를 보일 때는 내과를 찾는 것이 도움이 된다.

평상시 생활에서 할 수 있는 식이요법으로는 충분한 수분 섭취, 비타민 C가 많은 녹황색 채소나 과일류, 배, 감, 귤, 오렌지, 마늘, 생강, 쑥갓 등을 많이 섭취하는 것이 좋다.

또 규칙적인 수면 습관이 감기를 예방하는 지름길임을 알고 생활 리듬이 깨지지 않게 주의하자.

감기에 도움을 주는 요가 호흡법

성취자 호흡(Ujjayi Pranayama)

❶ 눈을 감고 편안한 자세로 앉는다.

❷ 등과 허리를 펴고 고개를 숙여 턱을 최대한 가슴쪽으로 내린다.

❸ 숨을 완전히 내쉰다.

❹ 천천히 코로 호흡을 최대한 들이마신다.

❺ 이때 복부에 힘을 주어 배가 나오지 않고 들어가도록 유지한다.

❻ 2초간 호흡을 멈춘다.

❼ 천천히 폐에서 공기가 다 빠져나갈 때까지 호흡을 내쉰다.

❽ 1초간 호흡을 멈춘다.

❾ 다시 호흡 반복 (5분~10분간).

＊주의, 고혈압이나 심장질환의 환자는 중간에 멈추지 말고 계속 실행
  한다.

8. 스트레스 해소에 좋은 음식

중요한 시절, 스트레스 해소에 도움이 되어 줄 좋은 음식들을 소개한다. 적절히 활용하면 효과를 볼 수 있을 것이다.

과일차(매실차, 유자차, 레몬차): 가라앉는 기분을 마음 편하고 상큼하게 변화시켜 주는 피로 회복 효과.

바나나: 마음이 복잡할 때 안정시켜 주는 효과.

귤, 오렌지: 화가 났을 때 혈압 상승 억제 효과, 탁한 정신을 맑게 도와주는 효과.

깨: 초조한 마음을 안정시켜 주는 효과.

아몬드, 대두: 신경을 안정시켜 주는 효과.

박하사탕: 우울할 때 기분 전환을 돕는 작용, 박하향으로 단기간 집중력에 효과.

9. 머리를 맑게 하는 마사지

두뇌의 혈액순환이 잘 되지 않으면 머리가 멍해지고 두통과 함께 집중력이 떨어진다. 이때에는 머리를 손가락으로 직접 자극함으로써 두뇌의 혈액순환을 도와주자. 산소 공급을 활발히 도와주는 마사지를 해 주는 것이다.

❶ 손에 공을 살며시 쥐듯 손가락을 구부린다.
❷ 머리를 다섯 손가락 끝으로 톡톡 두드린다. 이때 손목의 스냅을 이용한다.
❸ 머리의 구석구석을 1분 정도 차근히 두드린다.
❹ 그 다음 머리를 손가락으로 지그시 누른다.
❺ 뒤통수 밑의 머리뼈까지 꼼꼼히 1분간 누른다.
  * 115쪽 참고

혈액순환에 좋은 반신욕

시험을 얼마 남겨 두고 있지 않다는 생각에 몸이 경직되는 느낌을 받을 수도 있고 마음에 조급함을 느낄 수가 있다. 이때 큰 도움을 받을 수 있는 방법으로 반신욕이 있다.

하루 동안 쌓였던 마음의 긴장감과 피곤함을 풀고 하루 일과를 돌아보는 시간으로 반신욕은 가장 권할 만한 방법이다. 반신욕은 몸의 혈액순환을 도와 하체의 온도를 올려 주고 상체의 온도를 낮추는 목욕법이다. 대부분의 사람들은 하반신의 체온이 상반신보다 5~6℃ 정도 낮기 때문에 반신욕으로 체온의 균형을 잡아 주어 혈액순환을 돕는 것이다. 원활한 혈액순환을 통해 신체가 따뜻해지고 마음의 편안함도 찾을 수 있는 평온한 시간으로 잠자기 30분 전에 하도록 하자.

반신욕은 고혈압이나 심장 질환 환자, 여성의 생리불순이나 생리통에도 좋다.

❶ 물의 온도는 따뜻한 정도인 38~40℃.

❷ 입욕 전 물이나 음료수를 1~2컵 섭취함으로 수분 보충을 한다.

❸ 욕조에 들어가기 전 먼저 발에서부터 점점 위로 따뜻한 물을 부어 갑작스런 혈압 상승을 막는다.

❹ 명치 부분의 아래까지만 몸을 담근다.

❺ 최소 10분에서 30분까지만 하는 것이 좋다.

❻ 상체에 한기가 느껴질 경우 수건으로 상체를 덮는다.

❼ 목욕 후 긴 바지를 입어 하반신의 따뜻한 체온을 유지하고 상의는 반팔을 입어 서늘하게 한다.

❽ 반신욕 후에도 물을 1컵 정도 마셔 수분 공급을 한다.

반드시 반신욕 후에는 체온 유지에 힘써서 감기에 걸리지 않게 유의하자. 반신욕을 하면서《다니엘 마음관리 365일》에 나와 있는 수능 30일 전 마음관리법을 읽는다면 큰 도움을 받을 수 있을 것이다.

11. 시험 전날 건강관리

시험으로 인한 불안감으로 약간의 긴장감이 감도는 저녁시간에는 그만큼 소화기관도 위축되어 있다. 그렇기 때문에 저녁식사는 자극이 없는 음식으로 배부르지 않게 먹는 것이 좋다.

식사는 취침 2시간 전에는 끝내야 한다. 이는 위장 내에 장시간 음식물이 머무르면서 신경계를 자극하기 때문에 수면 장애를 일으킬 위험이 있다. 따라서 취침 바로 전 식사는 피해야 한다.

저녁 10~11시에는 잠자리에 들어야 하며, 편하게 잠자리에 들지 못할 경우에는 간단히 반신욕이나 따뜻한 우유 한잔을 마셔 신경계가 안정할 수 있도록 도와주자.

잠이 들면서 "내일은 나의 가장 행복한 날이 될 거야. 내일은 내가 가장 멋진 모습을 보여 주는 날이 될 거야" 이렇게 마음속으로 되뇌이며 잠들도록 하자. 그대로 이루어질 것이다.

12. 시험 당일 식사관리

아침식사는 위장의 편안함을 위해 시험 시작 2시간 전에는 끝마쳐야 한다. 평소에 먹던 음식을 먹고 조금 모자란 듯 먹어야 좋다. 따뜻한 과일차를 준비하여 쉬는 시간이나 점심 시간에 마시며 마음을 안정시키는 것도 좋은 방법이다. 점심식사도 평소에 좋아하는 음식을 먹되, 기름진 음식과 육류는 피하고, 소화가 잘 되는 음식으로 메뉴를 정해야 한다.

너무 많은 수분 섭취를 하면 시험 도중 화장실을 가야 하는 불상사가 생길 수 있으므로 아침식사에 한 컵, 점심시간에 한두 컵 정도만을 마시는 것이 좋다.

점심 시간이 끝나기 전 화장실은 꼭 한 번 가도록 한다. 나머지 쉬는 시간에는 간단한 스트레칭을 하여 신체의 혈액순환을 도와주고, 집중력을 도와주는 호흡법으로 신경계의 안정을 취하도록 한다.

사과, 귤, 토마토, 바나나 등의 과일을 준비하여 허기지는 오후 시간에 간식으로 섭취하는 것도 좋다.

시험이 끝난 후 귀가하여 미지근한 물에 샤워를 하며 그간에 쌓였던 긴장을 풀고, 저녁으로는 따뜻한 음식을 먹으며 마음의 평온함을 도모하도록 하자.

인생의 소중한 도전을 한 날이다. 오늘은 그 결과에 지나치게 얽매이지 말고, 편안한 마음으로 그 모든 것을 바라보자. 오늘 하루는 내가 부쩍 크는 날이었음을 알고 그 사실에 기뻐하고 감사하도록 하자.

13. 시험 보기 10분 전 당분 섭취

갑자기 피곤함이 밀려오거나 시험을 보기 전 집중을 요할 때 초콜릿, 사탕 등의 당분을 먹으면 효과가 있다. 신체의 과도한 에너지 대사로 혈액 내 당분의 농도가 급속히 떨어지면 피곤함을 느끼는데, 이때는 단 음식을 먹으면 바로 당분의 농도를 올려 줘 빠른 효과를 볼 수 있다.

또한 두뇌를 활동시킬 때 필요한 에너지원인 포도당으로 충족되지 않을 때에는 적은 양의 당분을 섭취해 주면 몇 분 만에 두뇌를 활성화시킬 수 있다.

당분은 한 번에 많은 양을 먹는 것보다는 조금씩 섭취하는 것이 혈액 농도의 유지에 도움이 된다. 물론 너무 과하게 먹으면 안 된다.

에필로그 1

    어느 날 한 사람이 통증으로 인해 병원을 찾아왔다. 처음 본 그 사람은 키도 크고 건장했으며, 누가 보아도 일반적으로 '건강해 보이는' 그런 모습이었다. 첫 상담을 하면서도 보통의 다른 환자처럼 평상적인 질문과 대답을 하였다.

    "아픈 지는 얼마나 되셨는지요?"

    "고 3때부터입니다."

    "어떤 자세에서 가장 아프신가요?"

    "1시간 정도 앉아 있으면 아픕니다."

    "앉아서 하시는 일이 많으신가 봐요?"

    "네. 공부를 하고 있어서 하루 평균 10시간 정도 앉아 있습니다."

    상담을 끝마치고 처음 재활운동을 1시간 동안 하면서 점차 알게 된 것은 이분의 성격이 내성적이라는 것이었다. 통증으로 인한 고통의 기간이 길었고, 그로 인해 몸과 마음이 많이 움츠러들었다는 것을 알 수 있었다.

    "평소 내성적이신 것 같은데요."

    "네. 조금 그런 편입니다."

    "얼른 나으시려면 성격부터 바꾸셔야 해요. 허리와 등, 목 부분을 항상 자신 있게 펴고 다니셔야 합니다."

그 후 병원에서 이분을 계속 만나게 되면서, 공부와 여러 이유로 좌절하고 지친 청소년들을 위해 책을 쓰고 가르치는 일을 하시는 분임을 알게 되었다. 그리고 매주 전국을 다니시며 청소년들을 위한 세미나를 하시는 것도 알게 되었다. 그런 내성적인 성격과 신체의 힘든 통증에도 불구하고 저술과 세미나와 강의를 한다는 것이 믿기지 않을 정도였다.

그분은 일주일에 세 번씩 한 번도 빠짐없이 정말 열심히 재활 운동을 하셨다. 그러나 점차 좋아지는가 싶더니 주일이 지나 월요일이 되면 다시 통증이 심하게 되어 병원으로 오시곤 하셨다. 세미나를 끝내고 오는 날이면 그 증상은 더욱 심해져서 다리와 어깨까지 저리는 증상을 보였다.

"김동환 님, 몸이 나으시려면 일을 좀 줄이셔야 합니다. 스트레스로 인해 근육이 많이 경직되어 통증 완화에 도움이 안 되고 있어요."

그럼에도 불구하고 그분은 계속 세미나를 강행하였다. 하루하루 통증으로 인해 몸과 마음이 많이 지쳤음에도 불구하고, 부산으로 제주도로 더 멀리 대만으로까지 빡빡한 세미나 일정을 마쳤다. 그러나 대만의 세미나 후에는 다시 통증이 더욱 심하게 되었고, 계속되는 집필과 세미나, 강의 등으로 심한 통증이 계속되고 있는데도, 이분은 그걸 참으시면서 이 일들을 해내고 있다. 나는 그 모습을 보면서 정말 청소년들을 위한 그분의 사랑이 얼마나 큰지를 느낄 수 있었다. 이런 본인의 힘든 과정에도 불구하고, 자기 자신을 생각하기보다는 힘겨워하는 청소년들에게 희망의 메시지를 전하겠다는 그 끝없는 노력과 청소년에 대한 사랑에 나는 늘 마음속에서 진심 어린 감사의 박수를 보내고 있다.

건강은 어느 한순간 놓쳐 버리면 자신도 모르는 사이에 점차적으로 나빠지게 마련이다. 질병이 생긴 후 몸과 마음이 아프기 시작하면 다른 이들에 비해 더 힘든 고난의 길을 가야 한다. 질병이 생기기 전에 건강을 지키는 좋은 습관을 들여, 하루하루를 성실하게 생활한다면 여러분들은 뜻을 이루는 행복의 지름길로 곧장 갈 수 있다. 이 책을 읽고 있는 여러분은 이미 더 빨리 그 행복의 지름길로 가는 방법을 알고 있는 셈이다. 그 방법까지 알고 있으니 이제는 마지막으로 열심히 실천을 하는 것만 남아 있다. 모두들 알다시피 실천 없는 계획은 아무런 소용이 없다. 건강은 내일로 미룰 수도 없다. 현재의 건강이 내일로 이어지는 것이기 때문이다. 지금부터 바로 실천하자. 그리고 진정으로 행복한 삶을 찾도록 하자.

건강해지면 환한 웃음을 지을 수 있는 여유로운 마음이 자연스레 생기게 된다. 친구에게 밝은 웃음을 먼저 건네줄 수 있는 멋진 학생이 되어 보자. 나만의 건강이 아닌 친구의 건강까지 생각해 주는 좋은 벗이 되도록 하자. 한 번의 기쁜 웃음으로 또 다른 웃음을, 그 웃음으로부터 이어지는 긍정적인 생각들과 진정한 건강함을 간직하는 멋진 청소년이 되길 진심으로 기도드린다.

김은영

몇 년 전 일이다. 하루는 허리가 너무 아파서 집에서 누워 있었다. 조카 영수가 집에 있었다. 나는 영수를 정말 좋아하지만 제대로 한번 안아 줘 본 적이 없다. 목말을 태워 주거나 들어 본 적도 없다. 허리가 아파서 나이 어린 조카지만 안아 줄 수조차 없었다. 이십대의 청년이 30킬로그램도 안 되는 조카도 기분 좋게 못 안아 주는 것이 나의 현실이다. 그래서 영수를 보면 늘 미안하다. 그런데 그날은 영수와 이야기하면서 문득 영수의 허리를 만져 보았다. 그래서 영수에게 말했다.

"영수야 넌 허리 안 아프니? 괜찮아? 삼촌은 무지 아픈데. 넌 괜찮니? 넌 삼촌처럼 아프면 안 된다. 나 같이 바보처럼 건강관리 못하면 안 돼. 삼촌이 우리 영수는 건강하게 잘 클 수 있도록 도와줄게."

나중에 알게 된 이야기지만 내가 영수에게 하는 말을 우연히 듣게 된 엄마가 참 많이 우셨다고 한다. 난 참 불효자인 셈이다. 시간이 더 흘러 30살이 된 지금도 몸은 여전히 아프다. 물론 치료를 열심히 받고 있지만, 완치를 위한 치료가 아니라 통증을 줄이기 위한 치료다. 인정하기 싫은 현실이지만 인정해야 한다.

그때 영수와 이야기한 것이 지금도 생생하다. 그래서 영수를 위해서 그리고 수많은 동생 같은, 조카 같은 인생의 청소년 후배들을 위해 이 책을 썼다. 책이 나오면 영수에게 제일 먼저 선물하려고 한다. 그리고 영수 엄마인 누나에게 이 책을 보면서 영수의 건강관리를 잘해 달라고 부탁할 것이다. 이 책을 보는 모든 후배들에게 꼭 말하고 싶다.

"제발 나처럼 되지 말고 미리미리 건강관리를 하셔서 건강한 청소년으로 자라 주십시오."

김은영 선생님께 치료받은 지도 8개월째 접어들고 있다. 김은영 선생님은 다른 환자들은 치료 효과가 좋은데 나는 여전히 아프다는 사실에 무척 속상해하시는 것 같다. 그래서 선생님께 무척 미안하고 송구스럽다. 마음속으로 너무 미안하니까 병원을 다른 데로 옮겨야 하나 하는 생각도 한 적이 있다.

내가 이런 나의 실패 이야기를 자꾸 하는 것은 나의 시행착오를 통해 몸과 마음의 건강관리의 중요성을 바로 깨닫고 이 순간부터 건강을 지키기 위해 최선을 다해 달라고 하고 싶기 때문이다.

"건강을 잘 관리하세요. 몸과 마음 건강 어느 하나도 소홀히 하지 마시고 제대로 체계적으로 관리하세요. 머리 숙여 부탁드립니다."

하늘나라에 가면 고통이 없다고 한다. 그래서 참 가고 싶다. 하지만 아직 해야 할 일이 있기 때문에 지금 갈 수는 없다. 후회 없이 그곳에 가기 위해 나에게 주어진 시간 일분일초를 아껴 최선을 다해 살아야 한다.

몸이 늘 아프지만 더 아픈 날이 있다. 그럴 때마다 하는 일이 있다. 고통을 잊기 위해 다른 생각에 몰두하는 것이다. 가장 많이 생각하는 것은 내가 가장 행복할 때가 언제였는지를 생각하는 것이다. 한참 생각해 보고 또 해 보았는데 그 결론은 청소년들을 위해 무언가 도움 되는 일을 할 때인 것 같다. 몸이 아프고 괴롭더라도 학생들에게 강의할 때는 힘이 난다. 그들을 위한 책을 쓸 때는 고통조차 잊게 된다. 물론 다 끝나고 나면 무척 힘들지만. 왜 아픈 것을 참으면서도 그러는지는 잘 모르겠다. 그렇다고 해서 내가 아주 이타적인 사람도 아닌데 말이다. 참 이상한 일이다. 아마도 천직인 것 같다.

허리 통증과 고통은 평생 내가 지고 가야 할 짐이지만 지금은 이렇게 생각한다. 이 짐이 있기에 거친 세상의 물결 속에서 한 발 한 발 내디딜 때 미끄러지지 않고 중심을 잡을 수 있다고. 어쩌면 체념을 미화한 것일 수도 있지만, 난 그렇게 생각하지 않는다. 난 병과의 싸움도 포기하지 않았고 지지도 않을 것이다. 무엇보다 나에겐 꿈과 희망이 있기 때문이다. 하늘나라에 가기 전까지 그것을 다 이루지 못할 수도 있다. 하지만 그 과정만으로 이미 충분히 감사하다.

지나간 시간은 다시 돌아오지 않을 수도 있다. 중요한 것은 지금 현재이다. 인간은 매일 매일 새롭게 뜻을 정함에 따라 새로워질 수 있다. 오늘 이 순간 새롭게 뜻을 정하자. 정한 뜻을 실천하자. 여러분의 꿈과 희망을 절대로 버리지 말고 끝까지 도전하길 바란다. 모두들 힘을 내자.

김동환

[소중한 시절, 바른 습관과 절제된 마음으로 하루하루에 충실하다면 분명 꿈을 이룰 수 있을 것이다.

약물남용

약물남용이란 무엇인가

청소년기의 약물남용은 이미 청소년들의 일상생활에 영향을 미치고 있다. 약물이란 우리 신체에 정신적, 신체적으로 악영향을 일으키는 것들로 니코틴(담배)이나 알코올(술), 각성제(암페타민), 흡입제(본드, 가스), 환각제(대마초), 마약(아편, 헤로인), 신경안정제, 수면제 등이 이에 속한다.

청소년들은 이런 약물들이 건강에 미치는 심각성을 느끼지 못한 채 생활에서 남용하고 있다. 더 큰 문제는 약물의 효과를 더 높이기 위해 여러 가지 약물을 동시에 사용한다는 것이다. 한 가지 약물이 가지고 있는 위험성이 다른 약물과의 동시 복용으로 복합적인 상승작용을 가져와 신체에 치명적인 악영향을 끼치고 있다.

청소년들이 이런 약물을 접하게 되는 근본적인 이유는 심리적인 문제에서 비롯되는 경우가 많다. 공부에 대한 압박감과 시험에 대한 정서적인 불안감을 약물의 힘을 빌려 잊어버리려 하는 것이다. 그러나 이것이 습관화되면 점점 자신도 모르게 몸과 마음을 망치게 된다는 사실을 잊어서는 안 된다.

이런 약물이 가지고 있는 특성과 우리에게 끼치는 영향, 약물을 끊는 구체적인 방법들을 알아보자.

흡연

청소년들의 흡연 동기는 대부분 호기심이다. 주변 친구들의 권유나 텔레비전, 혹은 영화에서 배우가 담배 피우는 모습은 청소년들을 자극시키기에 충분하다. 흡연 동기에 대해 '멋있어 보여서', '담배를 피우면 마음이 편안해진다는 말에' 등으로 답한 것이 많아 환경적인 요인이 가장 큰 것으로 나타난다.

친한 주변의 친구나 가족 중 담배를 피우는 사람이 있으면 흡연율은 더욱 높아진다. 이렇게 충동적으로 일어나는 첫 흡연 시기는 놀랍게도 초등학생 때부터 시작되고 있다. 청소년들 사이에는 사춘기 흡연을 하나의 성인 의식처럼 생각하는 잘못된 경향이 있다. 또한 청소년들의 흡연율은 1980년대 이후로 점차 증가하고 있는 추세이다. 이것은 남학생뿐만 아니라 여학생의 흡연율도 포함하는 것이어서 더 충격적이다.

담배를 피우면서 생기는 연기에는 몸에 해로운 4,000여 종의 화학물질들이 있다. 그 중 가장 나쁜 영향을 주는 것은 타르와 일산화탄소, 니코틴 등으로 발암물질들이 많이 함유되어 있어 혈액의 산소 운반 능력을 떨어뜨리게 된다. 신진대사 장애와 신경계의 이상, 노화 현상까지 일으킨다. 흡연으로 나타나는 증상은 각종 암을 비롯하여, 폐 질환과 심장 질환, 고혈압, 골다공증, 비만, 생리불순, 손떨림, 니코틴 중독 등이다.

성장기 청소년의 경우 신체의 세포가 발달하는 중이기 때문에 흡연은 성인의 경우보다 더 해롭다. 이런 나쁜 영향을 알면서도 담배에 손을 대는 이유는 담배가 잠시 주는 몸의 이완 작용과 편안함의 유혹을 떨치지 못해서이다. 순간의 쾌락을 위해 인체가 조금씩 썩어 가고 있는 것이다.

많은 청소년들은 흡연이 몸에 해롭다는 것은 알고 있으나 금연을 하는 과정에서 니코틴의 중독성과 약한 의지력 때문에 금연에 많은 어려움을 겪고 있다.

금연을 할 수 있는 방법은 두 가지이다. 첫 번째, 조금씩 담배의 양을 줄이는 방법과 두 번째, 단번에 끊는 방법이다. 논리적으로는 조금씩 담배의 양을 줄이는 것이 설득력 있어 보이나 오히려 담배는 단번에 끊는 방법이 성공률이 높다.

금연하기로 마음먹었으면 먼저 구체적인 계획을 세우고 능동적으로 실행하도록 하자. 먼저 금연을 시작할 날을 정확하게 정한다. 그 첫날이 가장 중요하다. 첫날의 성공은 그 다음 날에도 금연할 수 있다는 자신감을 줄 것이다. 주변 사람들에게도 자신이 금연을 시작했다고 선포하자. 주위 친구들이 담배를 권유할 때 유혹을 뿌리치는 방법은 의외로 아주 간단하다. "NO!"라고 한마디만 외치면 된다.

항상 담배의 유혹은 우리의 주변을 배회하고 있다. 매일 한순간도 '난 금연을 하고 있다!' 라는 것을 잊지 말자. 담배와 라이터를 다 버리고 담배가 생각날 때마다 물을 많이 마셔 입 안을 상쾌하게 헹구고 꾸준히 니코틴을 배설해 낸다. 복식호흡법도 담배를 잊는 데 도움이 된다. 커피와 술, 탄산음료와 맵고 짠 음식은 피하고 채소나 과일, 특히 브로콜리나 양배추 등을 많이 섭취한다.

흡연 대신 스트레스를 풀 수 있는 방법을 스스로 찾는다. 규칙적인 운동은 흡연으로 안 좋아진 심폐의 기능을 회복할 수 있도록 돕고 스트레스도 풀 수 있는 일석이조의 방법이다. 자신이 좋아하는 취미 생활을 하는 것도 좋은 방법이다.

금연해서 일단 3개월의 고비를 넘기면 성공으로 본다. 그러나 금연을 잘하다가도 어떤 계기로 인해 다시 담배를 피울 수 있다. 담배를 피웠다 하더라도 그것이 곧 금연에 실패한 것은 아니므로 다시 마음을 잡고 금연 생활을 유지하면 된다.

음주

홉연과 가장 상관관계가 높은 것이 바로 음주이다. 음주의 시작도 홉연과 비슷하다. 호기심이나 친구들과 어울리기 위해 함께 하는 경우가 많으며, 술을 마시면 기분이 좋아져서 기분전환을 위해 마시는 경우도 있다.

그러나 청소년 음주는 분명 건강의 최대 적 가운데 하나일 뿐 아니라, 법적으로도 분명하게 금지되어 있어서 술을 접하는 순간부터 청소년들은 불안감과 죄의식을 가지게 된다.

청소년의 음주는 매년 점차 증가하는 추세이고 여학생의 음주율도 남학생과 비슷해 이제 음주는 남학생만의 문제는 아닌 듯싶다. 청소년 네 명 중 한 명은 한 달에 한 번 이상 술을 마신다는 통계를 보아도 얼마나 음주 문화가 청소년들에게 깊이 뿌리내렸는지 알 수 있다.

술은 체내로 들어오면서 약 90%는 간에서 대사되고 산화한다. 그 대사 과정에서 독성 산물인 아세트알데히드가 생성되며 신체에 여러 가지 악영향을 끼친다. 직접적으로는 성호르몬의 생성과 분비 장애를 유발하고 간에도 영향을 미친다. 또한 알코올은 여러 질병들의 원인이 될 수 있다. 심혈관계 질환과 호흡기계 질환을 비롯한 인두암, 식도암, 지방간, 간경화, 췌장염, 당뇨병, 위궤양, 대장암, 불임 등의 내과 질환과 더불어 알코올 중독 등의 정신 질환까지 일으킬 수 있다. 술은 인간의 마음과 정신을 혼란스럽게 한다. 술에 취하면 자제력을 잃게 되어 순간적인 충동으로 인한 범죄가 많이 일어난다.

음주를 예방하려면 많은 노력이 필요하다. 먼저 음주가 나쁘다는 인식을 해야 한다. 그리고 술을 접할 수 있는 환경에서 벗어나야 한다. 술을 스스럼없이 권하는 친구나 강제적으로 마시게 하는 동아리 등에서 가능한 한 빨리 물러설 줄 알아야 한다. 그런 관계를 끊을 수 없다면, 술을 단호하게 거절할 줄 알아야 한다. 자신이 '술은 처음부터 마시지 않겠다' 는 확고한 의식이 있다면 실천으로 옮기는 것은 조금 더 쉽다. 친구들에게 먼저 '나는 술을 마시지 않겠다' 는 것을 인식시킨다. 술을 마시는 분위기가 되는 경우엔, 단호히 "난 안 마실 거야" 라고 말한다. 그 후 당연한 듯 음료수를 마시는 것이 가장 좋은 방법이다.

술은 한번 입에 대면 순간적인 기분 상승 때문에 그 유혹을 뿌리치지 못하고 습관성, 혹은 중독성으로 가게 된다. 그러므로 음주는 본인의 자제력이 굉장히 필요하므로 처음부터 아예 술의 유혹을 뿌리치는 것이 가장 좋은 방법이다.

각성제

각성제는 중추신경을 자극하여 흥분을 일으키는 약물이다. 이것은 일

시적으로 혈압을 올리며, 잠을 방해하고 피로감을 없애는 작용을 한다. 우울증의 치료제로 쓰이기도 하지만 중독성이 강하여 대량으로 복용 시 환각을 일으켜 정신분열 증세를 보이기도 한다. 커피에 많이 들어 있는 카페인과 담배 속에 들어 있는 니코틴, 필로폰, 코카인 등이 여기에 속하며 청소년들이 가장 흔하게 접할 수 있는 약물들이다. 약물의 남용으로 신경쇠약과 근육의 떨림, 불면증, 오한 등의 증상이 심해지면 사망에 이를 수도 있다.

흡입제

흡입제는 폐와 심장, 뇌의 경로를 통해 신체에 전반적인 영향을 끼친다. 이것은 중추신경을 억제시키는 작용으로 정신적인 혼란과 자제력 저하 등의 증세를 보인다. 본드나 부탄가스, 시너, 니스, 페인트, 휘발유 등이 여기에 속하며 급성적으로 중독되었을 때에는 언어장애와 함께 환각, 환청 등이 나타난다. 장기적인 흡입은 뇌세포의 손상으로 이어져 간질발작, 성격이 난폭해지는 성향, 기억력 감퇴로 인한 학습부진, 판단장애 등이 올 수 있다. 또한 골수와 심장과 간, 신장의 기능이 떨어진다.

코를 찌르는 듯한 독성이 아주 강한데도 흡입하는 것은 사용 즉시 흥분이 되면서 기분이 좋아지기 때문이다. 사용하고 소지하기가 쉬워 청소년들이 처음 환각을 위한 약물로 가장 많이 쓴다. 그러나 흡입제를 사용하면 경련, 혼수상태, 심장박동과 호흡의 정지를 일으켜 사망에 이를 수 있다.

환각제

환각제는 입으로 복용하는 LSD(Lysergic Acid Diethylamide)와 담배처럼 말아 피우는 대마초가 대표적이다. LSD는 중추신경을 자극하여 흥분을 유도하는 약물로 보통 천식 환자들에게 처방하는 약품이지만 대량으로 남용하면 뇌에 영향을 미쳐 동공이 풀리고 혈압과 맥박이 빨라지며, 수전증과 오한을 불러일으킨다. 대마초를 피우면 사고력과 주의력이 저하되고 환각, 환청 등이 일어나 위험한 행동을 하게 된다. 또한 만성 폐질환을 일으키고, 시각과 운동신경에 변화를 주어 색깔이나 주변의 움직임 등을 제대로 보지 못한다. 환각제를 오랫동안 복용하면 복용하지 않았는데도 환각이 지속되는 지각장애나 환각 상태에 빠져 정신분열증에 이르게 되며 정상적인 일상생활을 할 수 없게 된다.

마약

마약은 중추신경을 억제하는 약물로 아편과 모르핀, 헤로인 등이 대표적이다. 양귀비의 열매에서 추출하는 아편은 의약용으로 마취약과 수면제로도 쓰이나 흡연용 아편은 중추신경을 마비시키고 구토와 현기증, 변비, 호흡억제, 혼수 등의 부작용을 일으킨다. 모르핀은 아편을 구성하고 있는 알칼로이드(Alkaloid) 중 아편의 주된 약리작용을 하는 페난트렌 알칼로이드(Phenanthren Alkaloid)로 만들어진 약물이다. 이것은 헤로인의 불법 제조를 할 때 쓰이는 것으로 모르핀의 화학작용을 통해 헤로인을 제조한다. 헤로인은 모르핀의 3～4배 더 강한 작용을 하며, 약리작용은 모르핀과 같은 진통과 마취작용이다. 보통 주사를 통해 혈관으로 빠르게 주입시키는데, 비위생적으로 같은 주사를 가지고 여러 명이 사용해 병균의 감염이 많다. 마약은 내성이 강해 반복적으로 사용하다 보면 점점 더 많은 약물을 사용해야 전과 같은 효과를 맛볼 수 있다. 그러므로 악순환이 계속되는 것이다.

지금까지 살펴본 이런 약물들은 가정과 학교의 직간접적인 영향이 크다. 대개 가족 중 한 사람이나 친구가 약물을 접하는 모습을 보았거나 권했을 경우가 많기 때문이다. 평소에 청소년들이 약물에 대한 올바른 지식을 가지고 그러한 유혹을 단호하게 거절할 수 있는 직접적인 방법을 가르치는 교육이 있어야 한다. 가정에서 부모님이 먼저 모범을 보이면서 약물남용이 잘못된 것임을 바로 지적해 주고, 학교에서는 약물에 대한 바른 정보를 알려 주며, 그리고 친구들끼리 약물남용의 위험을 서로 막아 주는 적극적인 노력이 필요하다. 위에 소개된 약물들의 남용은 청소년들에게 법적으로도 범죄임이 명시되어 있고, 또한 위의 몇몇 것들은 그것을 소지한 것만으로도 범죄가 될 수 있다. 그만큼 사회에 악영향을 미치는 금지사항이기 때문에 약물의 남용은 개인의 문제뿐만 아니라 사회적인 문제가 될 수 있다. 그러므로 약물을 처음 접할 때 '아니오'라고 용기 있게 거절하는 것이 나뿐만 아니라 주변 사람들의 약물남용도 예방할 수 있는 첫걸음인 것이다.

다니엘 성교육

청소년 시절, 왜 성교육이 필요한가

보통 청소년들에게 '성'에 대한 질문을 던지면 처음에 나오는 대부분의 대답이 '성관계' 혹은 '성교' 등 그 행위에 대한 것이다. 이것은 사진이나 영상 등 시각적인 부분이 청소년들의 사고에 가장 큰 영향을 미쳤기 때문이다. 무한한 정보의 바다에 살고 있는 청소년들은 왜곡된 성으로의 접근이 아주 쉬워졌다. 그런 왜곡된 성으로 인해 이미 진실로부터 너무나 많이 동떨어진 성에 대한 개념을 갖게 되었다.

이제 우리 청소년들에게 성에 대한 올바른 개념이 필요하다. 많이 안다고 하지만 실제로는 제대로 알지 못하고 있는 것이 우리 청소년들의 성지식의 현주소이다. 더럽고 추잡스러운 행위로 인한 쾌락이 아닌, 사랑하는 마음으로 한 생명의 탄생이 이루어지는 것이 바로 '성'인 것이다. 다음으로 올바른 성지식을 가지고 내 신체의 변화가 어떻게 진행되는지, 남녀의 차이는 무엇인지, 한 생명의 탄생 과정은 어떻게 이루어지는지 알아보도록 하자.

여자의 변화

사춘기를 겪게 되면 점차적으로 몸의 변화가 오기 시작한다. 여자는 유방이 아프기 시작하면서 발달하게 된다. 유방은 대부분 지방으로 구성되어 있는데 지방세포의 양이 많을수록 유방도 크게 된다. 또한 양쪽의 크기도 사람마다 약간씩 다르기 때문에 크게 걱정할 필요는 없다. 이때부터는 브래지어를 착용하게 되는데 브래지어는 너무 꽉 조이지 않는 것으로 착용해야 한다. 유방의 발달과 비슷한 시기에 여성의 생식기 주변에 역삼각형 모양으로 음모라 불리는 털이 나기 시작한다. 음모는 점점 다른 털에 비해 굵고 곱슬거리는 형태로 바뀐다. 음모의 발달 후 겨드랑이와 가슴, 얼굴과 다리에도 털이 조금씩 나기 시작한다.

그 후 첫 생리인 초경을 겪게 되는데 빠르면 초등학교 6학년 때부터 시작하고, 늦으면 고등학교 3학년 때 시작하는 경우도 있다. 생리란, 여성의 생식기인 자궁에서 한 달에 한 번 난자를 생산하여 임신을 준비하는데 어느 정도 기간이 지나면 난자의 농도가 낮아지면서 기능이 떨어져 난자를 밖으로 배출하는 현상을 말한다. 난자가 배출되면서 영양분과 함께 피도 같이 나오게 되는데 이것을 생리라 한다.

생리가 시작되면 당황하지 말고 바로 어머니에게 얘기하여 도움을 청하도록 하자. 생리대와 생리용 팬티 등 생리용품을 준비하여 갑작스런 생리에 미리 준비해야 한다. 학교 양호실에는 항상 준비되어 있으므로 갑작스럽게 생리가 시작되었다면 양호 선생님께 도움을 청하도록 하자. 생리 중에는 몸을 자주 씻고, 생리대를 2~3시간마다 갈아 주고 청결하게 유지해서 병균이 침입하지 못하도록 해야 한다. 또한 병균이 옮을 수 있는 대중목욕탕이나 수영장의 출입은 금하도록 한다. 생리 중 배가 많이 아픈 증상을 생리통이라 하는데 이럴 때에는 배를 따뜻하게 해 주고, 배가 아프다고 가만히 있는 것보다는 오히려 걸어 다니거나, 아랫배를 손으로 지그시 자극해 주는 것이 통증을 가라앉히는 데 도움이 된다.

남자의 변화

여자의 변화처럼 남자도 사춘기가 시작되면서 몸의 변화가 일어난다. 키가 갑자기 크고 어깨가 점차적으로 넓어지면서 생식기 주변에 음모가 나고 턱과, 가슴, 다리에 털이 나기 시작한다. 그 후 목소리가 변하는 변성기가 오는데 보통 변성기는 빠르면 14살부터 시작하며, 늦으면 18살에 시작한다. 변성기도 사람마다 다르기 때문에 크게 걱정할 필요는 없다. 변성기가 되면 음이 불완전하게 나오기 때문에 목소리가 이상하게 나온다. 이때에는 소리를 지르거나 높은 음의 노래를 부르는 것을 삼가해야 좋은 목소리를 유지할 수 있다. 그렇지 않은 경우, 허스키하거나 쉰 목소리로 평생을 살 수도 있기 때문에 목의 관리를 잘해야 한다.

또한 이때에는 남성호르몬이 분비되어 고환에서는 정자와 함께 정액을 만들게 된다. 이 정액이 몸 밖으로 나오는 것을 사정 혹은 유정이라고 하며 밤에 잠잘 때 나오는 것을 몽정이라고 한다. 몽정은 성인이 되는 과정 중에 나타나는 자연스러운 현상으로 한 달에 두세 번씩 하게 되며 보통 성적인 꿈과 함께 나타난다. 아침에 일어나 젖어 있는 속옷 때문에 당황하지 말고 자연스럽게 어머니에게 얘기한 다음 속옷을 갈아입도록 하자. 어머니에게 말하기가 쑥스러운 경우 세탁기에 든 다른 빨래더미 속에 잘 숨겨 두는 방법도 있다.

이러한 과정을 통해 남자는 남성으로, 여자는 여성으로 성장하고 더 성숙해진다. 신체의 변화를 이상하게 생각하기보다는 자연스러운 과정으로 받아들이고 잘 적응하도록 하자.

임신, 한 생명의 탄생

임신이란, 남자의 정자가 여자의 질이라는 입구를 지나면서 난자와 수정이 되어 수정란이 자궁 안에 착상을 해서 한 생명이 탄생하게 되는 과정이다. 수정란은 세포분열인 난할 과정을 통해 배아를 거쳐 점차적으로 사람다운 모습으로 변하기 시작한다. 태아는 3개월쯤부터 들을 수도, 감정을 느낄 수도 있는 하나의 생명인 인격체로 성장하게 된다. 태아는 모체의 자궁 안에서 어머니로부터 산소와 영양분을 받으며 자라게 된다. 이때에 어머니의 건강상태와 정신상태는 태아에게 크나큰 영향을 미친다. 어머니의 건강상태가 나쁘면 태아에게 주는 영양도 부실해져 태아가 제대로 성장하지 못하게 된다. 또한 술과 흡연은 태아에게 직접적인 영향을 주어 기형아가 될 위험이 더욱 커진다. 어머니가 스트레스를 받게 되면 태아도 스트레스를 받게 된다. 그러므로 임신상태에서는 가능한 스트레스를 주는 환경은 피해야 한다. 임신 중에는 좋은 음식을 섭취하고, 좋은 말만 들어야 한다는 말은 여기에서 비롯된 것이다. 이러한 과정을 통해 빠르면 8개월, 보통 10개월이 되면 새 생명이 어머니의 질을 통하여 세상에 나오게 된다. 이 생명의 탄생은 부모에게 가장 큰 기쁨이 된다.

생명 존중의 방법, 피임법

피임은 원치 않는 임신을 막기 위한 최선의 방법이다. 피임은 여성만이 준비하는 것이라는 소극적인 생각은 절대 금물이며, 꼭 남녀가 같이 상의하에 적극적으로 대처해야 할 것이다. 아이를 기를 수 없는 상황에서 임신을 하면 어쩔 줄 모르는 걱정과 근심과 죄책감을 느끼게 될 것이다. 순간의 잘못된 생각으로 한 생명의 소중함을 모르고 임신중절을 생각한다면 평생을 좌절감과 죄책감 속으로 살게 될 것이다. 그래서 이러한 것을 막기 위한 철저한 준비가 꼭 필요한 것이다.

다음에 있는 여러 피임법에 대해 자세히 알아보자.

자연주기법

여성의 생리주기(생리가 끝나고 다시 시작할 때까지의 기간)를 계산하여 임신이 될 수 있는 배란일을 피하는 방법으로, 생리주기가 불규칙한 사람은 불가능한 방법이다. 보통 배란일은 다음 생리 시작일 14일 전이다. 자연주기법이란 배란일을 피해 성관계를 함으로써 임신을 피하는 방법이다. 배란 후에 난자가 정상적인 기능을 할 수 있는 하루와 정자가 여성의 자궁에서 살 수 있는 2~3일을 고려하여 가임 시기를 피해 성관계를 가져야 한다.

임신 가능 기간을 계산하는 방법은 다음과 같다. 자신의 최근 6개월간의 생리주기가 가장 짧을 때는 28일, 가장 길 때는 30일이 되는 여성은 가장 짧은 기간인 28일에서 18일을, 가장 긴 기간인 30일에서 11일을 뺀 기간, 즉 10일에서 19일이 임신 가능 기간이다. 만약 생리를 10월 3일에 시작했다면 임신 가능 기간은 10월 13일에서 22일까지가 되는 것이다. 이 방법은 생리가 불규칙한 사람은 절대 불가능하며, 또한 실패 확률이 높은 편이라 크게 신뢰할 수 있는 방법이 아니다.

경구 피임약(먹는 피임약)

여성호르몬의 원리를 이용한 방법으로 피임약의 복용이 있다. 이것은 임신이 된 것처럼 뇌하수체에 혼란을 일으켜 더 이상 배란이 안 되도록 하는 방법이다. 경구 피임약은 28일을 주기로 21일은 약을 하루에 한 알씩 복용하며 7일 동안은 복용하지 않는다. 성공률도 좋고 생리통의 감소와 생리 기간을 규칙적으로 해 주는 장점이 있다. 그러나 복용 초기에는 두통과 울렁거림 등의 부작용이 일어날 수 있다. 피임약을 피해야 할 경우는 성장기가 끝나지 않은 청소년들이나 혈전증, 간 질환 등의 질병을 가지고 있는 여성의 경우다. 경구 피임약은 병원에서 처방을 받은 후 약국에서 쉽게 구할 수 있으며 보건소에서 무료로 주기도 한다.

콘돔, 페미돔

콘돔은 가장 많이 쓰이는 피임 방법으로 얇은 고무막을 남자의 페니스에 씌워 정자가 질로 들어가지 못하도록 막는 방법이다. 피임 성공률이 높으나 얇은 고무가 찢어질 염려가 있으므로 사용 시 손톱에 찢기지 않도록 섬세하게 다루어야 한다. 사용 전 콘돔 끝의 볼록한 부분을 엄지와 검지로 잡아 공기가 들어가지 않도록 한다. 공기가 들어 있으면 공기의 압력으로 정액이 새어 나갈 수 있기 때문이다. 콘돔은 페니스의 가장 아랫부분까지 덮도록 끝까지 손가락으로 쓸어 내린다. 콘돔의 겉에는 윤활제가 있어 삽입 시에 마찰에 의한 통증을 줄여 준다.

페미돔은 얇은 폴리우레탄막을 여자의 질 안에 넣는 방법으로 정자가 난자와 만나지 못하도록 막는 방법이다. 페미돔의 끝을 엄지와 중지로 납작하게 만들고 검지로 페미돔을 껴서 부드럽게 질벽을 따라 질 안으로 깊숙이 넣는다. 페미돔에도 윤활제가 있어서 성관계 시 마찰에 의한 통증을 줄여 주는 역할을 한다. 이런 피임 방법들은 성관계를 통해 옮을 수 있는 에이즈를 예방하는 데 가장 효과적이다. 또한 약국이나 편의점에서 쉽게 구할 수 있다.

질 살정제

이 방법은 질 속으로 들어간 정자를 약물을 통해 직접적으로 죽이는 방법으로 좌약식 질 살정제가 가장 많이 쓰인다. 성관계를 갖기 10~15분 전에 미리 질 속에 좌약을 부드럽게 넣어야 안에서 좌약이 녹을 수 있다. 이것은 거품으로 점차 변하며, 삽입 후 약이 흘러내릴 수 있으므로 건거나 일어나서는 안 된다. 성관계 후에도 안전을 위해 약 성분이 없어지지 않도록 질 세척을 삼가해야 한다. 질 살정제 또한 병원에서 처방을 받은 후 약국에서 구입할 수 있다.

루프(자궁 내 장치 삽입)

이 장치는 Y자 모양의 장치를 자궁 내에 삽입하여 수정란이 착상하지 못하도록 막는 방법이다. 이 장치는 산부인과에서 직접 시술해야 하는 번거로움이 있지만, 한 번의 루프 삽입으로 보통 3년 동안 안전한 피임을 할 수 있는 편리한 방법이다. 루프를 삽입하는 시기는 생리가 끝난 직후 자궁경관이 어느 정도 열려 있을 때 하는 것이 시술 시 통증을 줄이는 데 좋다. 삽입 후 6개월마다 한 번씩 산부인과에서 정기적으로 검진을 받아야 한다. 장치를 한 상태로 임신이 되면 자궁 외 임신일 확률이 높다. 이런 경우는 더 위험한 상황에 놓일 수 있기 때문에 장치가 제 위치에 있는지 확인하러 가는 것 또한 중요하다. 보통 결혼을 한 여성에게 시술한다.

피하이식피임법

피하이식피임법은 작은 튜브관을 잘 보이지 않는 팔뚝 아래에 장치하는 것으로 황체호르몬의 주기적인 영향으로 임신을 막는 방법이다. 루프처럼 한 번 시술하면 3~5년 동안 안심할 수 있는 편한 방법이다. 이 장치도 산부인과에서 시술해야 하며 피부 조직 아래에 시술하는 것으로 작은 상처가 남을 수도 있다. 생리불순이 올 수 있고, 지방 대사의 변화로 몸무게가 늘 수도 있다.

응급피임법

응급피임약은 원치 않는 성관계 후, 혹은 피임 기구의 잘못된 사용으로 정액이 흘러 들어갔을 경우 임신을 예방하기 위해 복용하는 약이다. 성관계 후 48시간 이내에 복용해야 효과가 있다. 실패율이 25%나 되지만 최후에 할 수 있는 예방 조치로는 유일한 방법이다. 병원이나 일부 보건소에서 처방을 받아 약국에서 구입해야 하며 두통과 메스꺼움 등의 부작용이 나타날 수 있다.

패치피임법

패치피임법은 등이나 복부, 팔 안쪽 등 피부에 직접 패치를 붙이는 방법으로 피임약을 먹는 효과와 동일하다. 일주일에 한 개씩 붙이기만 하면 호르몬의 변화로 임신을 막아 주는 효과가 있다. 이것은 병원에서 처방을 받아 약국에서 구입할 수 있으며, 생리 불규칙이나 생리통, 여드름 등을 완화해 주는 작용도 한다.

* 잘못 알고 있는 피임법 – 질외사정법

질외사정법이란 성관계 시 사정을 할 때 질외에 하는 방법으로 이것은 피임 방법이라 할 수 없다. 흥분했을 때 정액과 함께 정자들이 이미 조금씩 나오기 때문에 사정 시에 정액을 질외로 내보낸다고 해서 임신이 안 되는 것은 아니다. 남자의 경우 본인 스스로 자제 능력이 뛰어나서 질외 사정으로도 임신이 안 될 거라는 생각은 절대 금물이다. 반드시 다른 피임 방법을 통해 성관계를 가져야 임신을 막을 수 있음을 명심하자.

찾아보기
INDEX